ÜBER DIESES BUCH: Silke ist eine Selfmadefrau. Schön, intelligent und Single. Was auf den ersten Blick nach der idealen Kombination aussieht, birgt ungeahnte Tücken, denn Silke ist ein Vampir. Aber sie hat einen Plan. Alles, was fehlt, ist der richtige Mann.
Die in Frankfurt spielende Novelle bietet einem rasanten Genremix aus Urban-Fantasy und Krimi-Noir.

„Biss zum letzten Akt" ist außerdem als eBook in der Sammlung Codex Aureus erhältlich.

*

ÜBER DIE AUTORIN: Großstadtpflanze, Mittelalter-Zeitreisende, Kopfkinobetreiberin ... Nike Leonhard ist in vielen Welten zuhause und schreibt darüber. Ihre Geschichten erscheinen derzeit überwiegend als eBooks in der Sammlung Codex Aureus.
Sie ist Mitbegründerin des Nornennetzes, einer Vereinigung deutschsprachiger Fantastikautorinnen.
Nike Leonhard lebt mit Mann, zwei Kindern und Hund in Frankfurt am Main. In ihrer Freizeit ist sie als Magd, Nonne oder niedere Adelige auf Mittelalterveranstaltungen unterwegs.

*

WEITERE WERKE DER AUTORIN: Der Esel als Pilger (Codex Aureus 1, eBook 2016), Steppenbrand (Codex Aureus 2, eBook 2016, Print 2017) Der Fluch des Spielmanns (Codex Aureus 3, eBook 2016), O Tannenbaum (Codex Aureus 4, eBook 2016)
Mehr über Nike Leonhard erfahren Sie unter https://nikeleonhard.wordpress.com

Nike Leonhard

Biss zum letzten Akt

Novelle

(Codex Aureus 5)

Bibliographische Informationen der Deutschen Nationalbibliothek:
Die deutsche Nationalbibliothek verzeichnet dieses Werk in der Deutschen Nationalbibliografie; detaillierte bibliographische Daten sind im Internet unter www.dnb.de abrufbar.

Umschlagkonzept und -gestaltung: Carola Ottenburg
unter Verwendung einer Grafik von 3938030 (https://pixa-bay.com/de/kreationen-gesicht-blick-1949886/),
Creative Common 00

Herstellung und Verlag: BoD - Books on Demand, Norderstedt

ISBN 978-3-7460-9624-7

OUVERTÜRE

OPER! AUSGERECHNET.

Silke setzte den Lidstrich so energisch, dass er viel zu dick wurde. Auch das noch! Verärgert griff sie nach einem Abschminktuch. Warum hatten sie nicht einfach ins Kino gehen können? Alles wäre so viel einfacher gewesen. Sie hätte sich die Schminkerei erspart, das Aufbrezeln und die ganzen Vorbereitungen. Sie hätte Detlef nach hinten in die letzte Reihe lotsen können, wo sie im Dunkeln gesessen hätten. Ungesehen, unbeobachtet.

Aber Detlef hatte auf Oper bestanden. »Wir haben etwas zu feiern!«, hatte er sie in seiner großspurigen Art erinnert. »Das tut man doch nicht, indem man ins Kino geht! Schon gar nicht bei so einem Ereignis. Nein, Schatz, Kino ist nun wirklich absolut unangemessen!«

Himmel noch mal! Silke tupfte die letzten Reste des Eyeliners vom Oberlid. Der Typ war zehn Jahre jünger als sie, sah aber 20 Jahre älter aus und war mindestens doppelt so tot. Ein entsetzlicher Spießer!

Sie musterte sich im Spiegel: Das eine Auge war

perfekt geschminkt, aber das andere ... Die reine Katastrophe. Ihre Wischaktion hatte dazu geführt, Eyeliner und Lidschatten zu einem breiten, graugrünen Streifen zu verschmieren. Es war wie immer: Eine Komplikation zog die andere nach sich. Immerhin ließ sich diese hier leicht beheben. Wenn sie es schaffte, sich zusammenzureißen, und sich auf das Wesentliche zu konzentrieren!

Zum Glück blieb noch reichlich Zeit. Silke warf das benutzte Tuch in den Müll und griff zu einem neuen. Sorgfältig entfernte sie auch die letzten Reste von Make-up, bevor sie den Schminkprozess von vorne begann. Mit geübten Bewegungen trug sie erst den hellen, dann den dunklen Lidschatten auf und verblendete beide mit einem Pinsel, bevor sie erneut zum Eyeliner griff.

Vermutlich sollte sie froh sein, Detlef auf den Opernbesuch runtergehandelt zu haben. Ursprünglich waren seine Pläne noch viel weiter gegangen und hatten nicht nur ein Essen im Steigenberger, sondern auch seine Eltern eingeschlossen.

»Nur eine kleine Feier im engsten Familienkreis«, hatte er gesagt. »Und vielleicht ein paar enge Freunde.«

Alleine dafür hätte sie ihm am liebsten den Kopf abgerissen. Statt dessen rang sie sich ein Lächeln ab. »Liebling, glaubst du nicht, dass das für deine Eltern etwas überraschend kommt?«

»Ja, sicher. Aber ...«

Sie schüttelte, immer noch lächelnd, den Kopf

und legte ihm den Zeigefinger auf die Lippen, was sie nur äußerst selten tat, weil Detlef es hasste, unterbrochen zu werden. »Wir sollten sie nicht so überfahren, meinst du nicht auch?«, sagte sie in ihrem einschmeichelndsten Tonfall. »Es wäre rücksichtslos. Außerdem haben sie vielleicht auch schon ganz andere Pläne!« Sie ließ ihr Lächeln breiter werden und zwinkerte verschwörerisch. »Und es würde unsere Pläne für den Abend vereiteln.« Sie zwinkerte noch einmal und hauchte ihm einen Kuss auf die Lippen. »Ich habe etwas ganz Besonderes geplant.«

Sie hatte gemerkt, wie er sich versteifte. Hatte seinen schneller gehenden Atem gespürt und zufrieden gegrinst. Oh ja. Es würde eine Überraschung für ihn werden. Nur nicht das, an das er gerade dachte.

Das Augenmakeup war fertig. Fehlte nur noch der Lippenstift. Silke wählte einen dunkelroten, der exakt dem Farbton ihres Abendkleids entsprach, unter dessen Saum die ebenfalls roten Highheels fast verschwanden. Eine, mit roten Pailletten besetzte Clutch und ein schwarzer Kaschmirschal vervollständigten das Ensemble und verliehen ihrem Auftritt Drama und Glamour.

Es klingelte. Das Taxi.

Silke schlüpfte in die High Heels, warf sich den Schal um und griff nach der Clutch.

Der Fahrer, ein älterer Mann, sprang aus dem

Wagen, um ihr die Tür aufzuhalten. Im Vorbeigehen roch sie sein starkes Eau de Toilette, das vermutlich die darunterliegenden Gerüche von Zigarettenrauch, Schweiß und einem reichlich mit Zwiebeln und Knoblauch gewürzten Mittagessen verdecken sollte. Griechisch oder türkisch vermutlich. Ganz und gar nicht ihr Geschmack. Sie bevorzugte ihr Essen deutlich dezenter gewürzt.

Sie gab dem Fahrer die Adresse und schloss die Augen. Die Sonne stand schon tief, aber die Strahlen kribbelten trotzdem unangenehm auf Silkes Haut. Sie hatte gelernt, es zu ertragen. Trotzdem mied sie das Sonnenlicht, so gut es eben ging und war entsprechend froh, dass die Fahrt nicht lange dauern würde.

Ein sanfter Ruck. Der Wagen fädelte sich in den Verkehr ein. Das Radio dudelte klassische Musik. Die weichgespülten Klänge und der durchdringende Geruch des Fahrers ließen Silke an den Frühlingsball im Palmengarten denken. Das Ereignis, bei dem sie Detlef kennengelernt hatte.

*

Sie hatte die billigste Karte gekauft. Schließlich kam sie nicht wegen des Essens oder der Shows, sondern allein wegen der Menschen. Hier bot sich genau die Gelegenheit, nach der sie suchte, denn beim Frühlingsball waren sie alle versammelt: die Reichen, die Schönen und die Wichtigen. Vor allem aber die Geltungssüchtigen. Silke hatte eine Art siebten Sinn entwickelt, sie zu erkennen. Einen geschärften Blick für das Detail, der ihr zeigte, bei wem sich die Anstrengung lohnte.

Der Tag war sonnig gewesen, so dass die Dunkelheit geradezu zum Flanieren einlud. Der sich nie ganz verdunkelnde Himmel ließ die Sterne ahnen. Die kühle Luft war gesättigt vom Geruch frisch umgebrochener Erde und sprießendem Grün. Lampions leuchteten in den überwiegend kahlen Beeten; eine Allee aus Lichtern, die wie eine Landebahn auf das hell erleuchtete Gesellschaftshaus zuführte. Walzerklänge, unterlegt mit Stimmengemurmel drangen wie ein leiser Lockruf aus den hohen Fenstern.

Silke lächelte. Sie hatte es nicht eilig. Sie verließ den beleuchteten Weg, streifte durch den Rosengarten, ging am See vorbei und flanierte durch das Palmenhaus. Obwohl der Palmengarten allen Ballbesuchern offen stand, begegneten ihr nur wenige andere Gäste, vorwiegend Liebespaare auf der Suche nach Romantik oder einem geschützten Platz für einen Quickie. Keinen befand sie eines zweiten Blickes würdig.

Im Gesellschaftshaus empfingen sie Wärme und das überwältigende Aroma der feiernden Menge. Noch überwogen die Gerüche von Parfums und Aftershaves, Cremes, Lotions und Haarspray und all den anderen Mittelchen, mit denen Menschen versuchen, ihre Ausdünstungen zu überdecken. Bald aber ... Silkes Lächeln vertiefte sich, während sie durch die Menge schritt, gelegentlich nach rechts oder links grüßend, als kenne sie hier irgendjemanden.

Zweieinhalb Stunden, einige Gespräche und mehrere Tänze mit aussichtsreichen Kandidaten später, sah sie Detlef. Ein dicklicher Mann in Armani, der seine Begleiterin trotz ihrer High Heels fast um einen Kopf überragte. Er wirkte fehl am Platz, trotz des teuren Anzugs, der Frau an seiner Seite und den großen Gesten, mit denen er seine Worte untermalte. Er griff ein bisschen zu oft nach der Rolex an seinem Handgelenk. Sein Anzug war einen Tick zu unmodern, um für diesen Anlass gekauft zu sein, wirkte aber fast ungetragen. Ein teures Stück, das nur zu besonderen Gelegenheiten ausgeführt wurde. Silke hätte gemutmaßt, dass er den Ball aus ähnlichen Gründen besuchte, wie sie, wenn das Lächeln der Frau nicht so falsch gewesen wäre, wie ihr Schmuck. Sie beobachtete die Frau genauer. Ihr Beitrag zur Unterhaltung beschränkte sich auf ein gelegentliches Nicken oder Lächeln. Obwohl sie ein volles Sektglas in der Hand hielt, scannten ihre Blicke die Menge, als suche sie nach einem Kellner. Oder nach einer besseren Gelegenheit.

Dass sie trotzdem nicht ging, war aufschlussreich. Zwischen den beiden bestand ganz offenkundig eine rein geschäftliche Beziehung. Ein Umstand, der ihr eigenes Vorhaben erleichtern würde. Sie durfte bloß nicht den Anschein erwecken, diese Beziehung zu durchschauen oder gar zu bedrohen. Nichts leichter als das! Mit einem Freudenschrei rauschte Silke auf den Bistrotisch zu, an dem die beiden standen, wobei sie den Mann vollkommen ignorierte und die ganze Strahlkraft ihres Lächelns der Frau zukommen ließ.

»Hi, das ist aber schön, dass wir uns treffen!«, sprudelte sie heraus. »Sag' mal, wie lange ist das jetzt her? Lass dich anschauen. Gut siehst du aus!«

Die Reaktion fiel wie erwartet aus. Die Fremde wich unwillkürlich zurück und riss die Augen auf. Es folgten ein unsicheres Lächeln, dann Stirnrunzeln und ein vorsichtig geäußerter Name: »Jenny?«

»Stimmt«, antwortete Silke immer noch strahlend. »Das hätte ich ja nicht gedacht, dass du dich nach all den Jahren noch an meinen Namen erinnerst!«

Fünf Minuten später hatte sich die Andere überzeugt, dass sie in der gleichen Kleinstadt aufgewachsen waren und sich im Sportverein kennengelernt hatten. Leichtatletik. Silke registrierte deutliche Zeichen von Verärgerung, als Marianne begann, Erinnerungen an Trainer, Wettkämpfe und gemeinsame Bekannte auszukramen. Danach war alles Weitere ein Kinderspiel. Sie musste Marianne nur fragen, wer ihr Begleiter sei. Einmal vorgestellt, redete Detlef nur zu gerne über sich und seine Arbeit. Eine Viertelstunde später wusste Silke nicht nur, wo er arbeitete, sondern hatte auch eine Visitenkarte mit seiner Privatnummer.

Sie hauchte Marianne, deren Blick schon wieder

glasig geworden war, links und rechts Küsschen auf die Wange, versprach, sich bald zu melden und ging.

Natürlich hatte sie nicht die Absicht, dieses Versprechen zu halten. Marianne war nur Mittel zum Zweck gewesen. Silke hatte es auf Detlef abgesehen. Eine knappe Woche später passte sie ihn vor der Versicherung ab, für die er arbeitete. Scheinbar in die Auslage einer Buchhandlung vertieft, wartete sie ab, bis sie in der Spiegelung der Schaufensterscheibe sah, wie er das Gebäude verließ. Ohne Eile legte sie das Buch beiseite, zog ihr Handy heraus und ging ihm entgegen; alle Sinne auf ihn gerichtet, aber den Blick fest auf das Display geheftet. Sie spürte seinen Versuch auszuweichen, schwenkte um, ignorierte seinen Warnruf und setzte ihren Kollisionskurs fort. Erst, als er sie an der Schulter festhielt, blieb sie stehen und sah auf.

»Entschuldigen Sie bitte!« An seiner Reaktion bemerkte sie, dass sie den richtigen Tonfall getroffen hatte. Sie lächelte. Sah ihn aufmerksamer an, mischte Überraschung und Wiedererkennen in ihren Gesichtsausdruck und setzte hinzu: »Haben wir uns nicht auf dem Frühlingsball getroffen?«

Er nickte. »Jenny, oder?«

»Richtig! Und Sie sind der Verlobte von Marianne. Grüßen Sie sie bitte ganz herzlich!«

Er wurde nicht rot, geriet aber ins Stammeln, als er antwortete, Marianne und er seien nicht und er würde sie wohl auch nicht ...

Silkes Lächeln vertiefte sich, während sie sich erneut entschuldigte. »Das geht mich nun wirklich nichts an. Aber in dem Fall ...« Sie schwieg einen Moment, dann lachte sie leise, als sei es ihr peinlich. »Vermutlich halten Sie mich jetzt für furchtbar aufdringlich. Aber vielleicht können wir uns einmal auf einen Kaffee ... Sie haben mir ja auf dem Ball Ihr Wissen angeboten und ich hätte da tatsächlich eine Frage ...«

Er biss sofort an. Zwei Tage nach dem Cafébesuch, bei dem sie darauf bestanden hatte, die Rechnung zu übernehmen, rief er an und lud sie zum Abendessen ein. Die Woche darauf gingen sie ins Kino. Drei Wochen später versuchte er das erste Mal, sie zu küssen. Seit einer Woche sprach er davon, sie endlich seinen Eltern vorzustellen. Gestern hatten sie sich verlobt. Höchste Zeit, ihn loszuwerden.

ERSTER AKT

SILKE IGNORIERTE DIE BLICKE, die ihr durch das Foyer folgen. Ihr Auftritt war kalkuliert: Das lange, rote Kleid, der schwarze Schal und die ebenfalls schwarzen, zu einem kinnlangen Bob geschnittenen Haare, die einen dramatischen Kontrast zu ihrer hellen Haut bildeten. Lady in red. Wer sie sah, würde sie in Erinnerung behalten.

Detlef wartete neben dem Treppenaufgang. Die Pünktlichkeit in Person. Präzise wie die Breitling an seinem Handgelenk. Dabei hatte die Uhr ursprünglich nicht mal ihm gehört, sondern war ein Geschenk von ihr - oder besser gesagt: eine Leihgabe. Eine Geste guten Willens, die sie zurücknehmen würde, so bald sie nicht mehr gebraucht wurde.

»Du siehst bezaubernd aus!«, stellte er fest.

Sie bedankte sich. »Hast du die Karten schon abgeholt?«

Er hatte. Natürlich. Sogar für den Balkon, was, wie er behauptete, viel besser war als das Parkett. Man habe den besseren Blick auf die Bühne und in den Orchestergraben. Ärgerlich sei bloß, dass sich die Sitze in der dritten Reihe befänden. »Es zerstört den Gesamtgenuss, wenn man die ganze Zeit auf den Hinterkopf des Vordermannes starren muss, verstehst du?«

Silke stimmte nur halbherzig zu. Sie konnte schlecht sagen, dass ihr die dritte Reihe immer noch zu weit vorne war, und sie lieber ganz hinten gesessen hätte. Mit dem Rücken zur Wand. Immerhin waren die Sitze direkt am Gang.

Endlich ertönte der dritte Gong. Die Türen wurden geschlossen. Dunkelheit senkte sich über den Saal. Musik klang auf. Die Bühne wurde zum goldenen Mittelpunkt der Aufmerksamkeit. Jemand hustete, ein letztes Rascheln, dann betrat ein dicker Mann die Bühne. Er schwenkte ein Blatt Papier und begann zu singen. Seine Stimme war schön und das, was er sang, klang auch sehr melodisch, aber Silke verstand kein Wort. Das sollte sie jetzt zwei Stunden aushalten? Silke sah sämtliche Befürchtungen über Opern bestätigt. Allein diese Atmosphäre! Kein Spaß, keine Cola, kein Popcorn oder Nachos. Fast wie bei einer Beerdigung. Warum taten die Leute sich das an?

Gut, das da unten war keine dicke Frau mit viel zu hoher Stimme, aber dieser Typ ... Gutaussehend konnte man ihn beim besten Willen nicht nennen. Kein Vergleich mit Brad Pitt oder Orlando Bloom! Und warum hatte man den Text nicht wenigstens ins Englische übersetzt?

Detlef griff nach ihrer Hand. »Das ist richtige

Kultur«, flüsterte er ihr zu. »Und viel besser, als irgendein Hollywoodschinken.«

Aus dem Dunkeln zischte jemand, er solle den Mund halten. Der Abend entwickelte sich deutlich besser als erwartet.

Außerdem kam Bewegung in das Geschehen auf der Bühne. Ein Chor setzte ein. Die Melodie gewann an Kraft und Schwung. Silke stellte zu ihrer eigenen Überraschung fest, dass ihre Zehen den Takt mitklopften. Mit einem Mal bedauerte sie, sich nur über die Pausenzeiten informiert zu haben.

Detlef hatte ein Programmheft gekauft, erinnerte sie sich. Es steckte in der Innentasche seiner Anzugjacke. Bestimmt würde er es ihr geben, wenn sie darum bat. Den Seitenhieb auf ihre Bildung würde sie schon wegstecken.

Sie hatte gerade den Mund geöffnet, um zu fragen, als ein Mann im schwarzen Anzug auf die Bühne kam, der eine Stange mit einem aufgespießten Kopf vor sich hertrug. Ohne die übrigen Sänger zu beachten, trat er an den Bühnenrand, blieb stehen und deutete mit großer Gebärde nach oben. Hinter ihm sammelten sich die Sänger und wiesen ebenfalls auf den abgeschlagenen Kopf. Gleichzeitig gestikulierten sie, als würden sie heftig diskutieren. Ihr Gesang, die Gesten und die Musik unterstrichen die Dramatik des Moments.

»Krass!«, dachte Silke, Oper wurde eindeutig unterschätzt.

Gebannt verfolgte sie, wie der Mann mit der Stange weiterging, stehen blieb und erneut auf den Kopf zeigte. Das Ganze wiederholte er mehrfach, als wolle er sicherstellen, dass auch wirklich jeder im Publikum einen guten Blick auf das verzerrte Gesicht bekam. Die übrigen Sänger folgten in einem grotesken Leichenzug. Sie liefen ihm nach, wenn er ging; blieben stehen, wenn er anhielt. Ihre Gesten wurden immer raumgreifender, ihr Gesang immer dramatischer. Die Musik schwoll an, bis keine Steigerung mehr möglich schien. Ein Gong dröhnte. Und dann plötzlich Schweigen.

Der Stangenträger und sein Gefolge verließen die Bühne. Silke folgte ihnen mit den Augen. Dadurch bemerkte sie die drei weiß geschminkten Männer, die von der anderen Seite auftraten, erst, als diese schon die Bühnenmitte erreicht hatten. Alle drei trugen Sonnenbrillen, Perücken und identische schwarze Anzüge, was Silke sofort an Men in Black denken ließ. Aber statt Aliens zu jagen, schienen diese hier eine Art Picknick abhalten zu wollen. Jedenfalls hatten sie eine Decke dabei, auf der sie sich ausstreckten, und einen Korb, aus dem sie unter anderem eine Flasche und Becher zogen. Die drei wurden immer ausgelassener und ihre Gesten immer obszöner.

Silke musste unwillkürlich an die Nacht denken, in der sie zu dem geworden war, was sie war. Auch damals waren sie zu dritt gewesen. Drei schwarze Gestalten mit weißen Gesichtern.

*

Dabei war es ein guter Tag gewesen. Einer, bei dem sie in dem Bewusstsein aufgewacht war, noch genug Kohle zu haben, um gleich zu Zeke zu gehen. Sie würde keinen Affen schieben und nicht anschaffen müssen.

Deshalb hatte sie dem Bankfuzzi, der sie unterwegs angesprochen hatte, auch gesagt, er solle sich verpissen. Sie konnte dich das leisten. Sie war reich. Dafür war er hartnäckig. War neben ihr hergelaufen, hatte sie vollgelabert, wie schön sie sei, dass sie sich nicht so haben solle. Am Ende hatte er sie gegen eine Wand gedrängt.

»Fuffzig für einen Quickie!«, hatte er gesagt. »Das ist doch ein Angebot. Und sag bloß nicht, das wäre dein normaler Tarif.«

Sie hatte zurückgestarrt. Seine Pupillen waren winzige Punkte. Der Typ konsumierte selbst. Voll auf Speed oder Koks aber dicke Backen machen! Was für ein überhebliches Arschloch! Natürlich waren fünfzig weit über dem, was sie normalerweise bekam. Aber sie brauchte sein Scheißgeld nicht, sie hatte genug. Sie wand sich unter seinem Arm durch und lief weiter. »Hör auf, mich zu verarschen.«

»Ich meine das völlig ernst.« Er zog eine fette, schwarz glänzende Brieftasche hinten aus der Hose. »Siehst du?« Betont langsam schlug er sie auf, gewährte einen großzügigen Blick auf alte Quittungen

20

und ein dickes Bündel brauner Scheine. Einen davon zog er heraus. »Na? Ist das ein Argument?«

Silke schnappte ihm den Schein aus der Hand. »Blowjob«, sagte sie. »Das oder vergiss es.«

Er stimmte zu.

Sie ging voran, führte ihn zum Hinterhof eines Asia-Ladens, dessen Besitzer sich nicht darum scherte, was zwischen seinen Mülltonnen passierte. So weit entfernt vom Tor wie möglich, drängte sie den Fuzzi an die Hauswand.

»Braves Mädchen«, murmelte er, als sie ihm die Hose öffnete und sie mitsamt der Unterhose über die Knie runterschob. Die linke Hand vorn, die rechte immer an der Brieftasche. Das Scheißteil hatte sich im Stoff verkeilt, Silke musste mit links helfen. Ein kleiner Ruck und sie hatte es.

Mit einem Triumpfschrei sprang sie auf und rannte zum Torweg. Gut, dass sie heute Morgen die Chucks angezogen hatte, auch wenn die schon fast auseinanderfielen. Mit Pumps wäre die Nummer nicht gelaufen. Auch so wurde es knapp. Aber immerhin hatten ihr die Chucks, das Überraschungsmoment und die Tatsache, dass er erst die Hose hochziehen musste, einen guten Start verschafft. Trotzdem hörte sie den Hall seiner Schritte kurz darauf im Torweg.

»Halt! Warte!«, schrie er ihr nach. »Dreckige Scheißnutte! Bleib stehen!«

Silke dachte natürlich gar nicht daran, sondern bemühte sich, schneller zu rennen. Aber ihre Beine machten nicht mit. Scheiße! Sie sprintete die Münchner-Straße runter und bog in die Moselstraße ab. Er hielt mit. Sein Geschrei klebte ihr sogar noch im Nacken, als sie die Kaiserstraße erreichte.

»Haltet Sie! Mein Portemonnaie! Sie hat mein Portemonnaie geklaut!«

Die Stimme klang näher. Ihr dagegen ging die Kraft aus. Schon jetzt ging ihr Atem keuchend. Im Grunde hatte sie keine Chance. Aber das hier war ihr Revier. Sie schlug Haken um Fußgänger, stolperte die Treppe der Unterführung zum Hauptbahnhof runter. Sollte er doch versuchen, sie hier zu finden! Sie hastete durch die untere Ebene, hoch zu den Fernzügen und ließ sich im Strom der Pendler mittreiben. Inzwischen tanzten schwarze Punkte vor ihren Augen.

Am Ostausgang war Schluss. Ihre Beine zitterten so sehr, dass sie sich gegen eine Wand lehnen musste, um nicht zu fallen. Keuchend tastete sie sich weiter, bis hinter die Tür. Die Welt brauste in ihren Ohren. Die schwarzen Punkte füllten jetzt fast ihr ganzes Blickfeld. Immer noch an die Mauer gelehnt, ließ sie sich sinken. Es war aus. Wenn er sie bis hier verfolgt hatte, war sie geliefert. Sie spürte schon die Hand an der Schulter. Kauerte sich zusammen. Erwartete hochgerissen zu werden. Schläge. Tritte. Beschimpfungen.

Nichts.

Sie hatte gewonnen.

Auf der Starbucks-Toilette filzte sie die Brieftasche. Sie fand über vierhundert Mark in bar, einen Führerschein und einen Perso. Die Scheine stopfte sie in den BH und die Münzen steckte sie in die Handtasche. Nach kurzem Zögern nahm sie auch den Perso und den Führerschein mit. Möglich, dass Zeke damit etwas anfangen konnte.

Sie hatte Glück. Zeke akzeptierte die Ausweise als Bezahlung für das Dope, so dass sie nun nicht nur den Stoff, sondern auch mehr Geld als vorher hatte. Als Krönung schenkte ihr sogar noch eine Pille zusätzlich.

»Neu im Angebot. Gibts für spezielle Kunden gratis.« Er griff ihr zwischen die Beine und küsste sie.

Sie trat einen Schritt zurück. »Lass das, du Wichser!« Ihre Stimme klang unsicher. Es war nicht gut, Zeke zu verärgern.

Wie befürchtet, schlug seine Stimmung sofort um. »Dann verpiss dich doch, du dumme Nutte«, schrie er sie an. »Was glaubst du, was du bist? Hau bloß ab, du Scheißkuh!«

Sie stolperte rückwärts, während er sie weiter beschimpfte. Sie hasste ihn dafür und, weil er sie behandelte, als gehöre sie ihm. Wie etwas, das man benutzte, wenn einem gerade danach war und es vergaß, wenn man es nicht brauchte. Sie hasste sich selbst. Weil sie es sich gefallen ließ. Weil sie immer wieder zu ihm zurückkam. Wie ein Hündchen. Als ob es nicht genug Dealer gäbe. Aber sein Stoff war sauber, und wenn Zeke gut drauf war oder sie absolut pleite, akzeptierte er schon mal Sex als Bezahlung. Andere waren nicht so großzügig. Die wollten den Sex gratis und verlangten trotzdem Kohle für den Stoff.

Immerhin hatte er sie nicht geschlagen und hatte auch keine Anstalten gemacht, ihr die Pille wieder abzunehmen. So gesehen war es sogar ganz gut gelaufen. Er würde sich einkriegen. Dafür würde sie beim nächsten Mal netter sein. Nur heute ging es nicht. Wenn er sie angefasst hätte und die Scheine im BH bemerkt hätte, wäre es mit seiner Großzügigkeit vermutlich vorbei gewesen. Vierhundertsiebzig Mark. Mehr Geld, als sie je auf einmal in der Hand gehabt hatte. Das musste gefeiert werden!

Zwei Stunden später war von dem Geld nur noch die Hälfte über. Sie hatte sich neue Chucks gegönnt, Klamotten gekauft und ausgiebig gefrühstückt. Danach war sie bei Aldi gewesen, um ihre Essensvorräte aufzufüllen. Neben Joghurt, sie liebte Joghurt, landeten mehrere Dosen Ravioli, zwei Gläser Instantkaffee, Schokolade und zum Schluss sogar noch ein paar Bananen im Wagen. Wer hat, der hat! Silke hatte nur Mühe, die Sachen heil in ihre Bude zu bringen.

So leise wie möglich öffnete sie die Wohnungstür.

Von Dani, ihrer Mitbewohnerin, war nichts zu sehen. Gut! Silke beeilte sich, die Einkäufe in ihr Zimmer zu bringen und unter einem Haufen Klamotten zu verstecken. Nur die Joghurts mussten leider in den Kühlschrank.

Bemüht, Dani nicht zu wecken, wenn sie denn da war, tappte Silke in die Küche, sorgfältig darauf achtend, nicht auf die knarrende Diele zu treten. Im Kühlschrank war nichts als die braune Brühe, die im Gemüsefach vor sich hinstank und ein überwältigener Geruch nach Schimmel. So sachte, als hantiere sie mit Nitroglyzerin, stellte Silke einen Becher nach dem anderen in ihr Fach. Nicht, dass das viel ausmachte. Wenn Dani die Joghurts fand, würde sie sie trotzdem essen. Aber sie konnte dann wenigstens nicht behaupten, es wäre eine Verwechslung gewesen. Erst als endlich alle Becher drinnen standen und sie die Tür geschlossen hatte, entspannte sich Silke. Glück gehabt!

Die Diele im Flur knarrte. Im nächsten Moment kam Dani in die Küche geschlurft. Nackt, bis auf ein übergroßes T-Shirt. Ihre schwarz gefärbten Haare hingen als zerzaustes Nest bis in die Mundwinkel. Darunter Pandaaugen und Reste von Lippenstift. Sie grunzte eine Begrüßung und begann in ihrem Schrank zu kramen. Dabei fluchte sie leise vor sich hin.

»Scheiße, Mann!« Immer wieder. Mit leichten Variationen, lauter werdend und immer verzweifelter.

Ganz großes Kino.

Schließlich sah sie hoch. »Hast du noch Kaffee?«

Am Anfang war Silke noch auf die Show und den anschließenden Dackelblick reingefallen. Inzwischen hatte sie ein oder zwei Dinge gelernt. Unter anderem, dass es ausgesprochen dumm war, Lebensmittel in der Küche aufzubewahren. Erst recht, wenn es um so was wie Kaffee oder Schokolade ging. Sie bunkerte alles, was irgendeinen Wert hatte, in ihrem Zimmer und selbst jetzt, als sie nur in die Küche gegangen war, hatte sie sorgfältig darauf geachtet, die Tür hinter sich abzuschließen. Dani hielt es genauso. Das gegenseitige Misstrauen war berechtigt. Sie waren keine Freundinnen, sondern Einzelkämpferinnen, die zufällig in der gleichen versifften Bude hausten. Sie hätten ihre Omas verkauft, um an Stoff zu kommen. Einander zu beklauen war so normal wie zu atmen.

Deshalb lag Silke auch auf der Zunge, zu sagen, verarschen könne sie sich selber oder zumindest mit einem Schulterzuckenden und »nö« zu antworten. Aber aus irgendeinem Grund; vielleicht, weil sie selber so viel Glück gehabt hatte, weil ihr Bauch voll, die Klamotten neu und die Schuhe heil waren, tat ihr Dani plötzlich leid.

»Warte 'nen Moment, ich hol ihn kurz.«

Dani wartete natürlich nicht. Als Silke sich mit dem Kaffeepäckchen in der Hand umdrehte, stand sie im Türrahmen und starrte mit großen Augen auf den Vorratskarton.

»Scheiße, Mann! Wo haste das ganze Zeug her?«
Erst schien sie Silke richtig wahrzunehmen. »Neue
Klamotten haste auch. Und neue Schuhe! Woher
hast'n du plötzlich so viel Kohle?«

»Glück mit 'nem Freier«, antwortete Silke und
schob Dani aus dem Raum. »Das Geld ist damit aber
weg. Was ist jetzt mit Kaffee?«

»Ich hab die Post reingeholt«, sagte Dani, während
sie darauf warteten, dass das Wasser heiß wurde.
»Deine hab ich dir auf die Fensterbank gelegt.«

»Danke. Was vom Amt dabei?«, fragte Silke ohne
wirkliches Interesse. Von der Post interessierten sie
nur die Bescheide, die bestätigten, dass die Miete für
die nächsten Monate gesichert war. Es gab Wichti-
geres. Geld. Dope. Überleben. Deshalb vergaßen
Dani und sie auch regelmäßig, den Briefkasten zu
leeren.

Dani zuckte mit den Schultern. »Irgend so'n
grauer Umschlag, ja.«

Silke ging zum Fenster und blätterte sich durch
den Stapel. Das Meiste war Werbung. Sie ließ die
Zettel achtlos auf den Boden fallen, bis sie den Umschlag fand, von dem Dani gesprochen hatte. Drinnen war kein Wohngeldbescheid, sondern eine Art
Brief. Sehr viel Text, keine Zahlen. Die Zeilen ver-
schwammen beim Lesen vor den Augen.

»Alles ok?«, fragte Dani. »Du siehst aus, als hät-
test du grad 'ne Erscheinung gehabt.«

»Die haben mich in die Studie aufgenommen«,

sagte Silke fassungslos.

»Die von der du erzählt hast? Scheiße, ist das geil!«, rief Dani und setzte im nächsten Moment hinzu. »Das heißt dann wohl, dass ich mir 'ne neue Mitbewohnerin suchen muss.«

Silke nickte. Sie fühlte sich immer noch benommen, unfähig, das ganze Ausmaß ihres Glücks zu fassen. Die Studie sollte erforschen, inwieweit sich Drogenabhängige auch ohne Entzug in das Normalleben eingliedern ließen, wenn man ihnen Ersatzstoffe gab, die die Entzugserscheinungen unterdrückten. Man bekam nicht nur Methadon, sondern das Rundumpaket: Wohnung, Schule, Ausbildung. Klar gab es Haken. Die Wohnung war in einer WG und würde von einem Sozialarbeiter überwacht werden. Man durfte nichts anderes mehr nehmen und musste jedes Mal eine Urinprobe abgeben, bevor man den Becher mit dem erlösenden Schluck bekam. Aber insgesamt ... Insgesamt war es einfach nur geil.

»Wann geht's los?

Danis Frage riss Silke aus ihrem Glückstaumel. Wenn sie den Termin nur nicht verpennt hatte!

»Ich muss mich ...«, sie suchte das Schreiben ab, bis sie das Datum gefunden hatte und zuckte zusammen, »morgen um 12:15 beim ärztlichen Dienst vorstellen.«

So kurz. Noch einen Tag Freiheit und Feiern.

Aber gut, dass Dani die Post geholt hatte. Silke war kurz davor, Dani dafür zu umarmen, aber so weit ging sie dann doch nicht. Statt dessen drückte sie ihr das angebrochene Kaffeepäckchen in die Hand. »Hier! Kannst du behalten!«

Das war natürlich saudämlich. Sie hatten einander noch nie etwas geschenkt. Aber sie hatte neue Chucks und neue Klamotten. In ihrem BH kratzten die restlichen Scheine der Beute. In ihrer Hosentasche steckten ein zweites Briefchen Heroin (das erste hatte sie sich gleich gespritzt) und die Pille, die Zeke ihr geschenkt hatte. Morgen würde ihr neues Leben beginnen. Was interessierte da ein Glas Instantkaffee!

Für den Rest des Tages verzog sie sich mit ein paar Gramm schwarzen Afghanen ans Mainufer, sah Möwen und Spaziergängern hinterher und suchte Bilder in den Wolken. Erst, als sich die Fenster der Bürotürme im Sonnenuntergang blutrot färbten, ging sie zurück in ihre Bude.

Dani war nicht da. Silke holte sich eins der Joghurts aus dem Kühlschrank. Kühl und süß füllte der erste Löffel den Mund. Reine Wonne, viel zu schnell vorbei. Silke schleckte den Becher aus, holte einen zweiten und dann einen dritten. Von Dani immer noch keine Spur. Dabei hätte sie schwören können, dass Dani sie beobachtete. Das Gefühl war während des Essens immer stärker geworden. Als säße Dani in ihrem Zimmer und starre sie durch die Wand hindurch an. Silke konnte den Blick deutlich spüren. Es ging um die Joghurts. Als wäre der Kaffee nicht genug gewesen. Sie war auf die Joghurts aus, dieses gierige Miststück! Aber da hatte sie sich getäuscht. Nichts würde sie kriegen!

Silke holte die restlichen Becher aus dem Kühlschrank und baute sie vor sich auf dem Küchentisch auf. Mit zitternden Händen riss sie den ersten auf und begann zu essen. Sie aß hastig, ohne etwas zu schmecken, bis es zu viel wurde und sie alles in die Spüle kotzte. Auf dem Tisch standen jetzt nur noch zwei Becher. Silke hielt kurz das Gesicht unter den Wasserhahn, dann aß sie weiter. Als sie fertig war, ballte sie die rechte Hand zur Faust und zeigte Dani Mittelfinger. Der hatte sie es gezeigt!

Trotzdem wollte sich keine Befriedigung einstellen. Silke wusste warum. Dani hatte sie essen sehen. Jetzt war sie sauer. Weil Silke nicht geteilt hatte, obwohl es ihre eigenen Joghurts waren. Aber das interessierte die ja nicht. Die nicht! Die hockte in ihrem Zimmer wie eine fette Spinne und plante ihre Rache.

Silke flüchtete aus der Küche. Erst, als sie die Zimmertür hinter sich abgeschlossen hatte, fühlte sie sich wieder einigermaßen sicher, auch wenn Danis Blick sie weiter verfolgte. Silke fühlte sich nackt unter diesem Blick. Sie hätte ihr den Kaffee nicht schenken sollen. Warum hatte sie ihr bloß den Kaffee geschenkt? Jetzt wusste sie, dass es bei ihr etwas zu holen gab. Sie würde sie weiter anstarren, so lange, bis sie alle Geheimnisse aufgedeckt hatte. Und dann würde sie zuschlagen. Es war höchste Zeit, dass sie hier rauskam. Ins Programm. In Sicherheit.

Aber vorher brauchte sie einen Schuss! Dringend. Das Dope war ihr Freund, ihr Schutzschild, ihr goldener Kokon. Ok, das mit dem Kokon war gelogen, das war nur am Anfang so gewesen. Aber sie brauchte es immer noch. Ohne war die Welt schrecklich: voller Schmerzen und Zähne – und sie selber nackt.

Silke griff unter ihre Matratze und zog das Spritzbesteck raus. Das letzte Mal, dachte sie, während sie den Inhalt des Briefchens auf den Löffel schüttete. Das sollte man eigentlich feiern. Man müsste eine Zeremonie daraus machen. So richtig mit Kerzen und so. Und Musik! Sie dachte über die richtige Musik nach, während sie beobachtete, wie die Flüssigkeit auf dem Löffel aufkochte und klar wurde. Final Countdown vielleicht. Oder Living on a Prayer. Sie konnte sich nicht entscheiden, aber auf jeden Fall war es falsch, gar keine Musik zu haben, sondern einfach nur nach einer Stelle zu suchen, die noch nicht zerstochen und vernarbt war, die Nadel reinzuschieben und den Kolben runterzudrücken. Silke ließ sich rücklings auf die Matratze fallen. Immerhin war die Angst weg und kalt war ihr auch nicht mehr.

Sie zog sich andere Klamotten an und schminkte sich. Auf ihrem Weg nach draußen rüttelte sie kurz an Danis Zimmertür. Verschlossen. Hinter dem Schlüsselloch nichts als Dunkelheit.

Das Funkadelic machte gerade erst auf, als sie ankam. Sie trank viel zu viel und alles durcheinander. Einfach, weil es ein geiles Gefühl war, einmal nicht auf den Preis achten zu müssen oder jemanden zu belabern, einem was auszugeben. Es war geil, so viel Kohle zu haben. Geil, den Alk zu spüren und die Musik. Bässe im Bauch. Rhythmen, die den ganzen Körper zucken ließen, die geradezu danach riefen, zu tanzen.

Silke merkte kaum, wie sie aufstand. Plötzlich war sie auf der Tanzfläche. Lachte. Tanzte. Glücklich. Selbstvergessen, als gäbe es kein Morgen. Um Mitternacht bestellte sie Sekt und prostete sich selber zu: »Auf das neue Leben!« Dann warf sie Zekes Pille ein und spülte mit Sekt nach.

Die Wirkung kam wie eine sanfte Welle, die sie einhüllte und gleichzeitig aufblühen ließ. Liebe durchströmte sie. Sie fühlte sich eins mit sich und dem Universum, klein und gleichzeitig riesengroß. Es gab keine Ängste mehr, nur noch pures Glück und die Musik, die nach ihr rief, verlangte, dass sie weitertanzte.

Silke leerte das Glas und musste lachen, weil die Prickelbläschen so in der Nase kitzelten. Das Zeug war Hammer! Was für ein Schatz Zeke gewesen war, dass er ihr so ein Geschenk gemacht hatte! Für einen Moment bedauerte sie, dass sie ihn nie wieder sehen, nie wieder diese Pillen nehmen würde. Aber das Bedauern ging nicht tief, die Musik rief ja und Silke wurde erneut eins mit ihr.

Sie wusste nicht, wann sie aus dem Club getorkelt war, zugedröhnt mit Alk und Musik. Es nieselte. Der Asphalt glänzte schwarz, grün und manchmal blutrot. Die Luft war warm und voller Gerüche. Silke schwebte in einer Wolke chemischen Glücks. Wie schön die Welt war, wie sanft der Wind ihr durch die Haare strich. Sie lachte laut und glücklich – bis sie merkte, dass es nicht der Wind war, der ihr über den Nacken fuhr.

Silke blieb stehen. Drehte sich um. Direkt hinter ihr, in der eben noch leeren Straße, standen drei Männer. Viel zu nahe.

Silke wollte schreien, aber ihre Lungen weigerte sich. Ihr Verstand befahl, wegzurennen. Aber ihre Beine waren wie gelähmt. Mühsam hob sie die Arme, um den Mann wegzustoßen, der ihr am nächsten stand. Ihre Bewegung war langsam. Wie eingefroren. Warum, fragte sie sich, während sie zusah, wie der Mann ohne Mühe auswich. Seine Bewegungen waren elegant. Flüssig und viel schneller als ihre. Auf dem Höhepunkt der Bewegung ergriff er ihre Hände und verzog die Lippen zu einem Lächeln.

»Spar dir die Mühe. Es bringt rein gar nichts.«

Die Worte erklangen klar in ihrem Kopf. Aber hatte er wirklich gesprochen? Sie hatte keine Lippenbewegung gesehen. Nur dieses Lächeln. Ein bösartiges Lächeln, wie eingefroren. Spätestens jetzt hätte sie schreien, um sich schlagen, treten und dann rennen sollen, was Beine und Lungen hergaben, aber sie konnte nicht. Es war, als schlänge sich ein dunkles Band um sie. Nein, kein Band, eine Decke. Groß und dunkel und unnachgiebig. Ein Kokon aus Fatalismus.

Daher wehrte sie sich auch nicht, als der Mann, der ihre Hände hielt, sich nach vorne beugte und seine Zähne in ihren Hals versenkte. Der Schmerz war heftig und scharf, aber zu schwach, um sie aus der Lethargie zu reißen, die ihren Körper befallen hatte. Unfähig, sich zu wehren, sank sie gegen seine Brust und so standen sie da, wie die Parodie eines Liebespaars, bis die beiden anderen ihre Arme nahmen.

Silke hatte schon viel Scheiß erlebt. Krassen Scheiß. Aber von drei Typen angefallen und ausgelutscht zu werden, war definitiv das Krasseste.

Sie ließen sich Zeit. Wechselten die Stellen, als schmecke das Blut an Hals, Handgelenken oder Schenkeln irgendwie anders. In der ganzen Zeit wechselten sie kein Wort. Sie brachen das Schweigen nicht einmal, als Silkes Beine nachgaben und sie aus dem Griff desjenigen glitt, der gerade an ihrem Hals saugte. Sie kauerten lediglich nieder und machten am Boden weiter, wobei sie Silke zwischen sich hin- und herschoben, als reichten sie einen Joint weiter.

Silkes Sinne schwanden. Sie hatte immer gewusst, dass sie jung sterben würde. In ihrer Welt war der Tod allgegenwärtig. Er begleitete sie, wenn sie einem Freier folgte. Er lauerte in Hauseingängen, zwischen Mülltonnen und in verschissenen Bahnhofstoiletten. Wartete darauf, dass ihr der Stoff aus der Nadel das Gehirn geradewegs ins Weltall pusten würde. Aber dass es so geschehen würde ...

Wider Erwarten starb sie nicht.

Anders, als in Büchern und Filmen oft dargestellt, sind Vampire nicht in der Lage, einen Menschen leerzutrinken. Ihr Magen ist dafür zu klein. Selbst ein ausgehungerter Vampir kann pro Mahlzeit nur etwas mehr als einen Liter Blut zu sich nehmen. Daher verkraftet ein gesunder Mensch den Biss eines Vampirs normalerweise gut. Er ist danach zwar geschwächt und desorientiert, aber diese Symptome geben sich nach einer Weile. Drei Vampire dagegen bedeuten ein erhebliches Risiko - nicht nur wegen des Blutverlusts.

*

Silke kam im Morgengrauen zu sich. Sie fror erbärmlich. Ihr Kopf, ihr Hals, sogar die Arme und Beine schmerzten. Was für einen Scheißtrip sie gehabt haben musste! »Nach Hause«, ging es ihr durch den Kopf. »Trinken. Bett. Schlaf.«

Mühsam zog sie sich an einem der geparkten Autos auf die Beine, torkelte über den Gehsteig und schwankte auf die nächste Hausfront zu.

Als sie die Wand erreichte, tanzten schwarze Punkte vor ihren Augen. Silke musste sich anlehnen, um nicht zu fallen. Die Punkte flossen zu Gestalten zusammen, die auf sie zuschwebten. Schon streckte die erste die Hand aus. Silke schrie auf.

»Nein!«

Sie spürte die Verachtung der Passanten. Hörte Gezischel, Worte wie »Schande«, »So früh«, »Polizei«. Höchste Zeit, weiterzugehen. Raubtierblicke folgten ihr. Angst presste sich in ihren Rücken. Nur nicht stehenbleiben. Auch wenn die Beine noch so steif sind und gleichzeitig wie aus Gummi. Nicht stehenbleiben, auch wenn sie noch so schwach sind. Nicht ...

Es half nichts. Sie spürte, wie sie taumelte, musste wieder Halt suchen. Stehen bleiben, obwohl sie doch laufen wollte, weil die Schatten sie noch immer verfolgten. Auf was für einen Scheiß-Horrortrip hatte Zeke sie bloß geschickt? Dieser Arsch! Die Wut gab ihr Kraft für die nächsten Meter.

Endlich erreichte sie die Haustür. Nur noch die Treppe. Die letzten Stufen kroch sie auf allen Vieren. Mit letzter Kraft schleppte sie sich in die Küche und hängte sich unter den Wasserhahn. Das kalte Wasser war köstlich. Flüssige Energie. Die schwarzen Flecken lösten sich auf. Die Welt hörte auf zu schwanken.

Silke richtete sich auf.

»Scheiße Mann, wie siehst du denn aus?«, kreischte Dani hinter ihr. »Stirb hier bloß nicht weg!«

Die Worte senkten sich wie Nadeln in Silkes Hirn. Jede Silbe eine glühende Spitze. Wortlos drängte sie sich an Dani vorbei, schloss ihre Zimmertür auf und ließ sich auf die Matratze fallen. Unter der Decke war es besser.

Dumpf hörte sie Dani schreien: »Und was ist mit deinem Termin?«

Silke fehlte die Kraft, den Kopf zu heben. »Scheiß auf den Termin«, murmelte sie. »Muss schlafen. Nur noch schlafen.«

*

In den folgenden Tagen machte sie den schlimmsten Entzug durch, den sie je erlebt hatte. Sie erwachte davon, dass ihr unglaublich kalt war. Es half auch nicht, dass sie sich in alle Jacken wickelte, die sie finden konnte. Ihre Knochen fühlten sich an, wie Eis. Die Zähne schlugen unkontrolliert aufeinander. Dann wieder wurde ihr so heiß, dass sie gar keine Kleidung ertrug. Nackt kroch sie durchs Zimmer, um ins Bad zu kommen, weil sie das Gefühl hatte, sterben zu müssen, wenn sie nicht auf der Stelle eine kalte Dusche bekäme.

Dani scheuchte sie zurück, brachte Wasser und einen nassen Lappen, während Silke nur jammern konnte. »Eis! Bitte!«

Sie bekam Krämpfe, kratzte sich blutig, weil ihre Haut so sehr juckte. Sie kotzte sich die Seele aus dem Leib – und fragte sich in den wenigen Momenten, in denen ihr Verstand normal arbeitete, wie das alles sein konnte. Wieso dieser Entzug so viel schlimmer war und so viel länger dauerte als alle vorher.

Erst später wurde Silke klar, dass die Symptome nicht nur vom Entzug kamen, sondern auch daher, dass ihr Körper sich grundlegend verwandelte.

Genau genommen war ihr Immunsystem schuld. Es reagierte auf das Virus, das mit dem Vampirspeichel in großen Mengen in ihre Wunden gelangt war. Unter normalen Bedingungen und mit einem gesunden Immunsystem, ist ein Vampirbiss keine große Sache. Für das Virus bedeutet es keinen evolutionären Vorteil, viele Wirte zu befallen. Gewöhnlich gewinnt daher das Immunsystem. Die Gebissenen leiden ein paar Tage an Unwohlsein und den Symptomen einer leichten Grippe. Ein gesunder Mensch erholt sich jedoch schnell. Entsprechend schnell ist die Sache vergessen.

In Silkes Fall lagen die Dinge anders. Zum einen hatte sie eine ungewöhnlich hohe Menge an Speichel und entsprechend viele Viren abbekommen. Zum anderen bot ihr, durch jahrelange Vernachlässigung geschwächter Körper dem Virus ideale Voraussetzungen, sich auszubreiten. Daher gab sich am Ende das Immunsystem geschlagen. Das Virus tötet jedoch nicht, es modifiziert lediglich die DNS. Der Stoffwechsel verändert sich. Regenerationsfähigkeit und -geschwindigkeit der Zellen steigen. Neue Sinneszellen entstehen. Vampire haben normalen Menschen daher einige Fähigkeiten voraus. Davon bemerkte Silke jedoch zunächst nichts.

Nach der Verwandlung fühlte sie sich auf widersinnige Weise gleichzeitig erfrischt und schwach. Vor allem war sie unglaublich hungrig.

Sie erinnerte sich, dass eine ihrer letzten Handlungen gewesen war, Lebensmittel einzukaufen. Hatte sie davon gegessen? Sie konnte sich nicht erinnern. Also mussten sie eigentlich noch in ihrem Versteck sein. Sie kramte den Karton unter dem Klamottenstapel hervor. Leer. Hatte sie vielleicht doch ...?

Langsam kamen die Bilder zurück. Silke erinnerte sich an dem Morgen mit Dani, als sie den Kaffee geholt hatte. Dani in der Tür. Ihr Blick, als sie den Karton sah: ehrfurchtsvoll und gierig zugleich. Die Frage woher und ihre Antwort. Dass sie Dani aus dem Zimmer geschoben hatte, und wie sie nachher in der Küche Kaffee getrunken hatten. Dani, diese miese Schlampe! Die konnte was erleben.

Silkes Magen grummelte. Sie hätte ein Stück Fleisch roh verschlingen können. Und nun hatte sie nicht mal mehr die Ravioli. Alles nur wegen diesem miesen, kleinen Stück Scheiße. Der würde sie es heimzahlen!

Danis Schrank in der Küche erwies sich als leer bis auf ein paar angeschlagene Teller und Tassen.

Auch im Kühlschrank war nichts als Gestank. Silke schlug die Tür hastig wieder zu. Ihre Beine drohten nachzugeben. Sie lehnte sich an die Spüle, bemüht, tief und gleichmäßig zu atmen. Trotzdem dauerte es eine Weile, bis sie nicht mehr das Gefühl hatte, gleich kotzen zu müssen.

Jetzt fehlte nur noch Danis Zimmer. Sie hatte natürlich abgeschlossen, aber Silke war nicht in der Stimmung, sich von solchen Kleinigkeiten ablenken zu lassen. Sie versuchte es mit einem gezielten Tritt gegen die Tür. In Filmen eine phantastische Sache, aber genauso hätte sie gegen die Wand treten können. Alles, was dabei rauskam war, dass ihr rechtes Knie und der Knöchel höllisch wehtaten. Sie brauchte einen Hammer. Eine Axt. Eine Kettensäge. Oder einen Schlüssel.

In einer der Tassen hatte ein Schlüssel gelegen.

Konnte es wirklich so einfach sein?

Es war so einfach.

Danis Zimmer war etwa so groß wie ihr eigenes und genauso unaufgeräumt. Der Geruch war unbeschreiblich. Es roch nach Deo und altem Rauch. Furzen, Tabak, Schweiß, Fett, Haaren und Blut. Dazu kam ein Hauch Verwesung, gemischt mit dem Gestank verrottender Essensreste. Eklig, aber gleichzeitig faszinierend. Silke war dieser spezielle Geruch vorher nie aufgefallen, schon gar nicht an ihrer Mitbewohnerin. Dabei war er irgendwie auch – einladend? Ihr fehlten die Worte, ihre Empfindung auszudrücken, aber der Geruch schien ein Versprechen zu enthalten. Silke schnupperte erneut. Versuchte, herauszufinden, welches.

Ihr Magen knurrte. Richtig. Essen! Sie brauchte Nahrung und das schnell.

Sie fräste sich durch verstreute Klamotten, Pizzakartons, Burger-Verpackungen, alte Spritzen, rußige Löffel, Handtaschen, leere Vodka- und Wasserflaschen, Kippen, Modezeitschriften, zerknüllte Kosmetiktücher, Handtücher und Bettzeug, bis sie auf ein Versteck ähnlich ihrem eigenen stieß. Darin befanden sich eine halbleere Packung löslicher Kaffee und zwei Dosen Ravioli in Tomatensauce. Silke brachte eine der Raviolidosen und den Kaffee in ihrem eigenen Zimmer in Sicherheit und legte den Schlüssel zurück, bevor sie die andere Dose öffnete.

Hatten Ravioli schon immer so gestunken? Trotz des bohrenden Hungers hatte Silke das Gefühl, kotzen zu müssen. Hatte der Entzug sie so geschwächt, dass ihr schon vor Hunger übel wurde? Egal, sie brauchte etwas zu essen! Entschlossen fischte sie eins der glibschigen Päckchen aus der roten Tunke.

Sie hatte noch nicht einmal richtig zugebissen, da spuckte sie den schleimigen Brocken schon quer durch die Küche. Das war abartig! Ohne sich weiter um den angebissenen Teigklumpen auf dem Boden zu kümmern, hastete Silke zur Spüle, um den widerwärtigen Geschmack aus dem Mund zu bekommen.

Das Zeug musste verdorben gewesen sein, dachte sie, während sie sich ein ums andere Mal den Mund ausspülte. Richtig lecker waren Ravioli noch nie, so widerlich hatten sie aber nie geschmeckt.

Es dauerte ewig, bis sie endlich nur noch klares Wasser schmeckte.

Der Inhalt der zweiten Dose stellte sich als genauso ungenießbar heraus. Der Hunger begann unerträglich zu werden. Er brachte Silke dazu, an rohe Fleischbrocken zu denken, aus denen blutiger Saft quoll. Ein Steak vielleicht, nur ganz kurz angebraten. Warmes Fleisch auf jeden Fall. Blutig innen. Frisches Blut.

Silke erschrak vor dem Gedanken. Das war pervers. Abartig. Andererseits – wenn es das war, was sie jetzt brauchte ... Sie erinnerte sich wieder daran, wie reich sie gewesen war. Wie viel war von dem Geld übrig? Wie viel hatte sie ausgegeben? Für ein Steak sollte es doch wohl reichen! Aber wo war das Geld hingekommen? Silke versuchte, sich zu erinnern, wo sie es gehabt hatte. Ihre Hosentaschen waren leer. In ihrer Umhängetasche war es auch nicht. Das ließ nur einen Schluss zu: Dani!

Diese miese, verräterische Fotze.

Dieses Mal wurde Silke in Danis Zimmer nicht fündig. Wahrscheinlich hatte die Dreckshure es längst ausgegeben. Silkes Wut kehrte zurück. Der würde sie es zeigen. Aber richtig!

Die Helligkeit der Straße traf sie wie ein Hieb. Die Wucht der Sonne ließ Silke in den Hausflur zurücktaumeln. Hier war es angenehm. Dunkel. Für einen

Moment überlegte sie, zurückzugehen. Zurück in die Wohnung, deren nie geputzte Fensterscheiben nur blassgraues Dämmerlicht durchließen. Zurück in die warme Höhle des Betts. Aber ihr grollender Magen und die Wut trieben sie voran, auch wenn ihre Augen tränten und die Haut nach kurzer Zeit spannte, als befände sie sich in der Wüste und nicht in der Frankfurter Innenstadt.

Sie hing eine Weile in der Elbe- und der Niddastraße rum, suchte in Hauseingängen und zwischen den Mülltonnen der Hinterhöfe. Keine Dani. Silke taumelte die Kaiserstraße runter, Richtung Hauptbahnhof. Stimmen, Autos und Sirenen brandeten in ihren Ohren. Alles war entsetzlich laut. Dazu diese verdammte Helligkeit, die sie schwach und hilflos machte. Sie spürte Hände, die sich nach ihr ausstreckten, aber anders als in dieser verdammten Nacht, in der der Horrortrip angefangen hatte, auf dem sie sich offenbar immer noch befand, konnte sie sie abschütteln. Gleichzeitig loderten ihre Wut und ihr Hunger immer höher. Mühsam kämpfte sie den Drang nieder, sich ihrerseits in die Arme zu krallen, die sie aufhalten wollten und ihre Zähne in das weiche, warme Fleisch zu schlagen.

Was um alles in der Welt war los mit ihr?

Im Hauptbahnhof wurde es besser. Die untere Ebene war fast eine Erlösung, trotz des Lärms und dem Gestank nach Pisse. Silkes Blick wurde wieder klarer. Ihre Haut hörte auf zu spannen und sie atmete wieder freier. Es roch so gut hier! Nach Brötchen, Kaffee und Rindswurst. Vor allem aber nach Menschen! Silkes Magen knurrte wieder. Schade, dass sie Dani nicht am Geruch aufspüren konnte!

Immerhin sah sie ein paar Leute aus ihrer Clique. »Habt ihr Dani irgendwo gesehen?«

Sie erntete gleichgültiges Kopfschütteln. Nur eine, die erst seit ein paar Wochen mit ihnen abhing, hob den Kopf. »Alles ok bei dir? Du siehst irgendwie komisch aus.«

Nachdem Silke sicher war, Dani nicht im Hauptbahnhof zu finden, blieb nichts anderes, als in der Umgebung zu suchen. Im Zombimodus torkelte sie in immer größeren Kreisen um den Hauptbahnof, bis sie Dani schließlich auf dem Gelände der alten Kaserne fand.

Dani war mit zwei Typen zusammen. Sie saßen auf einer braunen Ledercouch, die aus irgendwelchen Gründen den Weg zwischen die niedrigen Büsche gefunden hatte. Keiner der drei stand auf, als sich Silke vor ihnen aufbaute.

»Du hast mein Geld.« Es war eine Feststellung. Keine Frage. »Rück's raus!«

»Einen Scheiß habe ich!« Dani schien mit der Rückenlehne verschmelzen zu wollen. Aber ihr Gesicht war reiner Trotz. »Verpiss dich!« Sie spuckte aus.

Der Rotzbrocken traf Silkes neue Chucks. Irgendetwas riss. Silkes Gedanken standen still und mit ihnen die ganze Welt. Sie wurden zu einem Ball aus kaltem Licht, der sie durchglühte, härtete und zu einer lebenden Statue aus Eis machte.

»Mein Geld!« Ihre Stimme klang seltsam, und sie hatte das Gefühl, etwas löse sich aus ihren Schläfen und den Augen. Keine Blitze, wie in Comics oder Filmen, sondern etwas Dunkles. Wogen aus Meerwasser, die schwer und eisig auf Dani zurollten. Tatsächlich begann Dani, nach Luft zu schnappen, wie eine Ertrinkende.

»Mein Geld!«, wiederholte Silke.

Wie in Trance stand Dani auf, aber einer der Typen, meinte offenbar, den Helden spielen zu müssen und hielt sie zurück.

»Hör mal, Süße!«, sagte er zu Silke. »Ich weiß ja nicht, was du glaubst ...«

Weiter ließ Silke ihn nicht kommen. Sie fuhr herum und nun schwankte er unter den Wogen des Eiswassers, die vorher auf Dani niedergegangen waren.

Silke betrachtete ihn einen Moment hungrig, dann sagte sie kalt: »Es geht dich auch nichts an. Verpiss dich.« Ihre Stimme klang ruhig. So ruhig, dass sie sogar ihren eigenen Ohren fremd war. »Am besten, ihr verpisst euch beide.« Sie sah den anderen an, der immer noch neben Dani auf dem Sofa saß und bisher keine Anstalten gemacht hatte, aufzustehen. »Jetzt!«

Er stand auf und beide gingen. Einfach so.

Silke blieb keine Zeit, sich zu wundern, denn Dani bewegte sich ebenfalls.

»Du bleibst hier!«

Dani blieb stehen, willenlos wie eine mechanische Puppe, deren Batterie keinen Saft mehr hat. Nur das rasche Heben und Senken des Brustkorbs verriet, dass sie lebte. Und der Pulsschlag. Silke konnte ihn in ihrem Kopf spüren. Schnell und kräftig war er. Reines Leben. Genau wie der Geruch. Dieses verlockende Gemisch, das sie schon in Danis Zimmer gerochen hatte. Menschengeruch nach warmer Haut und Schweiß, halb verdeckt unter einer Schicht aus billigem Parfüm und Zigarettenrauch. Silke glaubte sogar, Danis Blut riechen zu können. Süß roch es und leicht metallisch. Unglaublich gut. Der Wunsch, ihre Zähne in Danis weiche Haut zu schlagen, um diese metallische Süße nicht nur zu riechen, sondern auch zu schmecken, war verlockend und abstoßend zugleich. Woher kamen diese Gedanken? Wie konnte sie so etwas überhaupt denken? Es war widerlich! Blut! Man trank doch nicht das Blut anderer! So was war eklig.

Aber genau wie der Gedanke an Heroin die Sehnsucht nach dem sonnigen Gefühl hervorrief, das nach dem Druck durch ihre Venen flutete, bewirkte der Gedanke an Danis Haut und den Geschmack von Blut auf der Zunge, dass Silke der Speichel im Mund zusammenlief.

Mit einem Schritt war sie bei Dani und zog sie auf die Couch, als sei sie ihre Freundin, ihre Geliebte. Dieser Geruch! Der warme Körper an ihrer Seite und die pulsierende Stelle an Danis Hals! Das Verlangen wurde übermächtig, als sie mit der Zunge darüber fuhr. So musste es sein! Sie senkte die Zähne in die erstaunlich nachgiebige Haut und da war er, der Geschmack, den sie gesucht, nach dem sie sich gesehnt hatte, ohne es zu wissen. Silke schloss die Lippen über der Wunde, trank und leckte, bis ihr der seltsame Beigeschmack auffiel. Widerlich bitter, als würde man verbranntes Plastik kauen.

Silke spie aus. Was auch immer Dani eingeschmissen hatte - es hinterließ einen ekligen Geschmack auf der Zunge. Trotzdem fühlte sie sich jetzt besser. Wacher. Stärker. Einen Moment befürchtete sie, dass es nur an dem Zeug lag, dessen Reste sie in Danis Blut geschmeckt hatte. Aber das Gefühl blieb.

Silke stieß Dani von sich, die immer noch in ihren Armen lag, den Kopf an ihre Brust gelehnt, als würde sie schlafen. Dani sackte vornüber und zur Seite, bis ihr Kopf auf der Armlehne der Couch zu liegen kam. Silke erschrak. War sie etwa ...? Hatte sie sie ...? Nein, Atem und Puls waren regelmäßig. Die dumme Nutte war tatsächlich eingepennt. Silke zuckte mit den Schultern, stand auf und begann, Danis Taschen zu filzen. Wenn noch ein Cent von ihrem Geld übrig war, würde sie ihn finden.

*

Sie kehrte nicht in ihre alte Bude zurück. Mit diesem Leben hatte sie abgeschlossen. Statt dessen verkroch sie sich im Bauch des Hauptbahnhofs, bis etwas ihr sagte, dass die brennende Sonne verschwunden war und sie gefahrlos ins Freie konnte.

Silke erfuhr nie, wie knapp sie überlebt hatte. Der Transformationsprozess von menschlichen in Vampirzellen ist anstrengend und zehrt fast sämtliche Energiereserven des Körpers auf. Daher müssen neue Vampire in den ersten 12 Stunden Blut trinken. Tun sie es nicht, verhungern sie.

Entgegen aller Legenden, kümmern sich Vampire nur in extremen Ausnahmefällen um das weitere Schicksal ihrer Opfer. Ein Verhalten wie bei Dracula, wo ein erfahrener Vampir einem Neuling sein Blut zu trinken gibt, kommt in der Realität praktisch nicht vor. Nur ganz selten nimmt sich ein erfahrener Vampir die Zeit, quasi als Pate zu agieren und sein Opfer bei den ersten Schritten in das neue Leben zu begleiten. Dem ganz überwiegenden Teil der Neu-Vampire ergeht es wie Silke. Sie müssen selbst herausfinden, welche Transformation sie durchgemacht haben und welche Veränderungen ihrer Möglichkeiten und Bedürfnisse damit einhergehen.

Die meisten von ihnen sterben. Sie sterben, weil sie durch die Infektion zu stark geschwächt und deshalb nicht in der Lage sind, sich das notwendige Blut zu beschaffen. Sie sterben, weil sie nicht wissen, was in ihnen vorgeht und daher auch nicht erkennen, dass sie Blut brauchen oder weil sie - soweit sie es doch erkennen - moralische Skrupel haben, es sich zu holen. Mit anderen Worten: Nur die Starken und Rücksichtslosen überleben - und die, die sehr, sehr viel Glück haben.

Auch bei Silke dauerte es, bis sie sich an ihren neuen Zustand gewöhnt hatte, aber in gewisser Weise war die Sucht ein guter Lehrmeister gewesen. So, wie sie gelernt hatte, ihren Widerwillen gegen Spritzen und Nadeln zu überwinden, lernte sie, ihren Widerstand gegen das Bluttrinken zu überwinden.

Ihr zweites Opfer wurde der Portier des Hotels, in dem sie am Ende der Nacht strandete.

Der hagere Mann machte es ihr leicht. »Sie reisen aber mit leichtem Gepäck«, sagte er in einem Ton, der so ölig war, wie die nach hinten gegelten Haare.

Silke zuckte mit den Schultern und fuhr fort, die Formulare auszufüllen. »Nicht Ihr Problem, oder?«

»Ich meine ja nur«, antwortete er gedehnt. »Wenn Sie ähnlich wenig Geld haben ...«

Silke sah hoch. »Ja?«

»Einer so hübschen Frau würde ich einen Spezialtarif machen. Wie wär's?« Er zwinkert ihr zu. »Du könntest in Naturalien zahlen.«

Das Zimmer war klein und schäbig. Aber es ließ sich gut verdunkeln.

Obwohl sie den Geruch der Seife nicht mochte, duschte Silke ausgiebig. Danach setzte sie sich, nur in ein Handtuch gehüllt, aufs Bett und wartete, bis es klopfte.

»Du verlierst aber auch keine Zeit«, sagte der Portier nach einem Blick auf das knapp sitzende Tuch und die vorgezogenen Vorhänge. »Hast es wohl nötig?«

»So nötig auch nicht.« Silke zuckte mit den Achseln und ging zum Bett voraus. »Aber es wäre schade, eine Gelegenheit auszulassen, wenn sie sich so anbietet - oder?« Sie lächelte dem immer noch an der Tür stehenden Mann zu und klopfte einladend auf die Matratze neben sich. »Was ist jetzt, willst du nur quatschen, oder kommst du?«

Danach ging alles sehr schnell. Keine fünf Minuten später taumelte der Portier aus dem Raum, während sich Silke gesättigt in die Decke wickelte und einschlief.

Sie blieb zwei Tage in dem Hotel. Zwei Tage, in denen sie hauptsächlich schlief. Den Portier sah sie nicht wieder. Sein Fehlen bemerkte sie erst in der dritten Nacht, als sich der Hunger zurückmeldete.

Als Silke die Lobby betrat, um nach ihm zu sehen, war der Tresen unbesetzt. Sie legte den Schlüssel auf den Tresen und ging.

*

Sie wurde zu einer Nomadin der Nacht. Ein Raubtier, das nur für die Jagd und seinen Magen lebte, wie sie zuvor nur für den nächsten Druck gelebt hatte. Die Tage verbrachte sie schlafend in Tiefgaragen, Tunneln und Kellern von Abrisshäusern. Die Orte waren ihr egal, so lange das Sonnenlicht sie nicht erreichte. Elektrisches Licht war dagegen kein Problem. Aber je länger dieses neue Leben andauerte, desto mehr sehnte sie sich nach einem festen Rückzugsort. Einem, an dem sie nicht von wohlmeinenden Sanitätern oder aufdringlichen Polizeistreifen aus dem Schlaf gerissen wurde. Ein bisschen mehr Bequemlichkeit. Ein wenig mehr Komfort. Und Platz für ihre ständig wachsende Sammlung an Kosmetika.

Seit ihrer Verwandlung achtete sie nicht nur stärker auf die physischen Bedürfnisse ihres Körpers, sondern auch auf ihr Aussehen. Grundsätzlich war daran nichts auszusetzen. Die Haut hatte sich geklärt, war rein und glatt geworden. Vielleicht eine Spur zu blass, aber das ließ sich mit etwas Make-up und Puder schnell korrigieren. Ein bisschen Lidschatten und Lippenstift dazu und sie konnte sich überall sehen lassen. Wenn es ein Problem gab, dann höchstens, dass sie jetzt gelegentlich ihren Ausweis zeigen musste, um in einen Club eingelassen zu werden. Ihr Platzproblem lag vor allem an den unzähligen Seifen, Duschgels, Haarshampoos, Lotions, Cremes, Deos und Parfüms, die Silke inzwischen benutzte.

Zwar ließ ihr schärfer gewordener Geruchssinn sie beim bloßen Geruch vieler Produkte angeekelt zurückzucken, aber mit ihrer Verwandlung hatte sie einen regelrechten Hygienetick entwickelt. Sie duschte, wann immer sie die Möglichkeit fand. Auch die Haare wusch sie, so oft es ging. Nicht, dass es nötig gewesen wäre. Selbst nach tagelangem Verzicht auf Wasser und Seife rochen ihre Achseln so aseptisch, wie ein Stück Chirurgenstahl. Doch gerade diese vollständige Abwesenheit aller normalen Körpergerüche war Silke so unheimlich, dass sie alles tat, sie vor sich und anderen zu verbergen. Sie cremte Gesicht und Körper mit duftenden Lotionen ein, verwendete reichlich Deodorant und parfümierte sich, als müsse sie den Gestank eines Ziegenstalls übertünchen. Ihr Rucksack füllte sich mit Tiegeln und Tuben, Fläschchen, Flakons und Deodosen, die sich beim Tragen in ihren Rücken bohrten und bei jedem Schritt schepperten. Aber zurücklassen mochte Silke sie auch nicht. Sie waren ein Teil ihrer selbst. Ein Stück Persönlichkeit. So etwas warf man nicht einfach in den Müll.

Ihr Schlupfwinkel musste kein Schloss sein. Er musste nicht einmal eine Küche haben. Ein Bad reichte vollkommen. Dafür brauchte sie allerdings Geld. Zwar plünderte sie schon jetzt die Geldbeutel und Taschen ihrer Opfer, um Kleidung, Hygieneartikel und Parfüm für sich zu kaufen. Aber um einen Mietvertrag zu bekommen, brauchte sie mehr. Am besten ein festes Einkommen. Vermieter liebten Verdienstbescheinigungen. Die Alternative wäre Stütze gewesen. Aber auf Ämter hatte Silke weniger Bock denn je.

Leider gab es auch keine große, geheime Vampirgesellschaft, die ihr in irgendeiner Weise hätte helfen können. Vampire sind nicht hierarchisch organisiert. Genau genommen sind sie gar nicht organisiert. Vampire sind wie Katzen. Es liegt nicht in ihrer Natur, mit anderen zusammenzuarbeiten.

Einmal mehr war Silke auf sich allein gestellt. Sie fand schnell heraus, dass es nicht schwer war, Jobs zu finden. Schon gar nicht, wenn man vorwiegend nachts arbeiten wollte. Nachtschichten waren unbeliebt, Nachtarbeiter rar. Weitaus schwieriger war es, die Arbeit durchzuhalten. Egal, ob kellnern, putzen oder die Stelle als Hilfskraft im Krankenhaus - alle Jobs, die Silke angeboten wurden, waren gleichermaßen öde, anstrengend und schlecht bezahlt.

Gerade der Krankenhausjob, der ihr zuerst wie ein unerwartetes Geschenk erschien, hatte sie tief enttäuscht. Zwar bekam sie das Essen sozusagen auf dem Rollwagen serviert, aber die Kranken erwiesen sich als wenig schmackhaft. Dafür hatten die Medikamente oft unerwartete Nebenwirkungen. Silke kündigte bereits nach vier Tagen.

Für die interessanten, besser bezahlten Jobs brauchte man offenbar eine Ausbildung, und um die zu machen, brauchte sie Geld. Mehr Geld, als ihre bisherigen Jobs brachten. Und da biss sich die Katze in den Schwanz. Abgesehen davon, dass Silke nicht die geringste Ahnung hatte, was für eine Art von Ausbildung sie machen wollte. Also zurück ins Gewerbe? Sie rief sich die Typen ins Gedächtnis, die sie bedient hatte und verwarf den Gedanken wieder.

Escort kam auch nicht in Frage, weil dann regelmäßige Gesundheitsuntersuchungen fällig gewesen wären. Außerdem passte ihr die Idee nicht, für jemanden anderen zu arbeiten. Sie wollte selbständig sein.

Dann, als sie während einer besonders langweiligen Schicht an der Tanke in einem der ausgelegten Bumsmagazine blätterte, fiel ihr ein Artikel ins Auge: »Tagsüber Studentin, nachts Luxushure: Das Doppelleben der Michelle T.«

Silke erfuhr, dass Michelle T. (Name von der Redaktion geändert), in einer ähnlichen Lage gewesen war, wie sie selber. Kein Geld, keine Familie, keine sonstige Unterstützung. Aber dank eines großzügigen Gönners, konnte sie trotzdem studieren. Außerdem bezahlte er ihre Wohnung und ein »bisschen extra«. Im Gegenzug hielt sie sich exklusiv für ihn zur Verfügung, sexuelle Gefälligkeiten inbegriffen.

Die Bilder zeigten eine schlanke Brünette mit langen Beinen. Mal im Businesskostüm auf der Straße, mal viel Bein zeigend auf ein Sofa drapiert. Man sah sie in einem Buch blättern und, zwischen Decke und Kissen hingeräkelt, in Reizwäsche auf dem Bett. Nur das Gesicht war immer geschickt weggedreht.

So ein Arrangement war etwas ganz anderes, als eine schnelle Nummer zwischen stinkenden Mülltonnen, befand Silke. Das hatte Stil. Und sie selbst wäre auch deutlich genügsamer, ihr musste niemand ein Studium finanzieren. Eine Wohnung reichte vollkommen. Leider stand in dem Artikel nichts darüber, wie Michelle T. ihren Sugardaddy gefunden hatte. Aber wozu gab es schließlich Kontaktanzeigen? So lange sie den Job an der Tanke hatte, saß sie sogar an der Quelle!

Zu Silkes Bedauern erwiesen sich die Männer, die sie schließlich kennenlernte, für ihre Zwecke als absolut untauglich. Alle wollten Sex, viele auch eine Beziehung, sei es aus romantischen Gründen oder um sich den Sex exklusiv zu sichern. Aber keiner war für das Geschäftsmodell zu begeistern, das ihr vorschwebte. Schon, weil keiner reich genug war, sich eine exklusive Geliebte leisten zu können. Auch wenn einige am Anfang schamlos übertrieben, was ihr Einkommen und andere Vorzüge anging.

Trotzdem waren ihre Bekanntschaften wertvoll, denn aus ihren Lügen lernte Silke, dass sie die Fähigkeit besaß, Andere zu durchschauen. Wenn sie einem Menschen nahe war und sich ganz auf ihn konzentrierte, konnte sie dessen Gedanken spüren. Zunächst die oberflächlichen, die, die sich sogar auf den Gesichtszügen spiegelten. Sie waren die lautesten und am stärksten mit dem Moment und der jeweiligen Situation verbunden.

Darunter lag eine zweite Schicht, die eher mit der allgemeinen Verfassung ihres Gegenübers zu tun hatte. Diese zweite Schicht handelte von allgegenwärtigen Nöten, aber auch anhaltenden Triumphen. Sie war schwerer zu lesen, denn sie bestand eher aus Gefühlen als aus Begriffen. Nur gelegentlich ploppte ein ausgeformter Gedanke an die Oberfläche.

Unter dieser zweiten Schicht lag noch eine dritte, in der die Gedanken lagen, die die Männer vor sich selber verbargen, um vor sich selber bestehen zu können. All die kleinen Gemeinheiten, die Menschen selbst in den eigenen Augen klein und schäbig wirken lassen. Diese Schicht war die interessanteste, denn sie brachte Silke auf eine neue Idee: Mit ihren Fähigkeiten brauchte sie sich nicht mit dem Diebstahl von Brieftaschen zu begnügen, sondern konnte subtiler vorgehen. Das klauen, was offiziell nicht existierte. Diebesgut. Hehlerware. Geld aus Unterschlagungen und anderen illegalen Machenschaften. Alles, was an der Steuer vorbei verdient wurde. Sie musste nur den richtigen Kunden finden, die Information aus seinem Kopf holen und im geeigneten Moment die Zähne in seinen Hals schlagen. Das Risiko erwischt zu werden, war minimal. Die nach dem Biss eintretende Verwirrtheit des Opfers würde ihr genug Zeit geben, aus seinem Leben zu verschwinden und ihre Spuren zu verwischen. Zur Polizei gehen, konnten ihre Opfer nicht. Etwas, das man nicht besitzen durfte, konnte man schlecht als gestohlen melden.

Ganz so einfach war es am Ende doch nicht. Sie brauchte für die Dauer der Mission ein Alias und eine Tarnadresse. Sie musste darauf achten, dass sie nicht versehentlich ihren richtigen Namen verriet. Vor allem musste sie ausschließen, ihrem Opfer später zufällig noch einmal über den Weg zu laufen. Jagdgebiet und Wohnort durften nicht identisch sein, womit Frankfurt schon mal ausschied. Aus dem gleichen Grund verboten sich auch Kronberg, Bad Vilbel, Königsstein und andere Orte im Speckgürtel. Auch Nobelorte, wie St. Moritz und die Cote d'Azur kamen nicht infrage. Zu weit weg, zu übersichtlich und letztere außerdem auch noch viel zu sonnig. Sie brauchte einen Ort mit schlechtem Wetter, viel Nachtleben und hoher Schnöseldichte. Nach kurzem Nachdenken blieben München, Düsseldorf und Bonn, eventuell auch noch Hamburg, vor allem wegen des Wetters. Aber wenn die Hamburger wirklich so steif waren, wie man ihnen nachsagte, war es vermutlich schwer, jemanden kennenzulernen. Silke entschied sich für Bonn. Hauptstadt und Sitz aller möglichen Ministerien und Firmen, gleichzeitig klein und ein bisschen provinziell - die Mischung schien ihr ideal, um das passende Opfer zu finden.

Silke investierte in zwei elegante Kostüme und eine neue Frisur und setzte sich in den Zug. Ein Zimmer zu finden, stellte sich als unerwartet schwierig heraus. Schließlich kam sie in einer Pension in Campusnähe unter, deren Eigentümerin noch aus den Anfängen des vorigen Jahrhunderts übrig geblieben schien. Sie beäugte Silke zwar misstrauisch, begnügte sich aber mit der Auskunft, Silke sei zu einem Vorstellungsgespräch eingeladen und wolle sich »weiter umgucken«, wenn aus der Anstellung nichts werde.

»Das ist eine sehr vernünftige Einstellung, junges Fräulein«, lobte sie und nahm einen Schlüssel vom Brett. »Zimmer fünf. Einfach die Treppe hoch und dann links. Frühstück ist bis acht. Und kein Herrenbesuch, hören Sie!«

Das Zimmer war klein und höhlenartig. Schwere rote Samtportieren umrahmten ein winziges, von Rüschengardinen verhülltes Fenster. Dahinter lagen etwa zwei Meter Luft, bevor der Blick an einer Mauer endete. Über dem Bett röhrte ein Hirsch und es gab ein Bad. Sogar mit Wanne.

Auch sonst ließ sich der Ausflug gut an.

Schon als Silke an ihrem ersten Abend durch die Straßen schlenderte, bemerkte sie ein Auto, einen dunklen Mercedes, der erst langsamer wurde und ein Stück neben ihr rollte, bis der Fahrer offenbar zu einer Entscheidung gelangt war. Das Fenster ging herunter und enthüllte einen feisten Kopf, der Silke augenblicklich an einen Karpfen erinnerte. Der Geruch von Tabak und Old Spice wehte ihr entgegen, als der Karpfen den Mund aufmachte.

»Was fällt Ihnen ein!«, erwiderte sie auf die Frage, ob sie Zeit hätte. »So eine bin ich nicht!« Ja, sie sei neu in der Stadt und möglicherweise habe sie sich in einer Querstraße geirrt. Sein Angebot, sie zu ihrer Pension zu fahren, nahm sie trotzdem an. Ebenso, wie die Einladung auf einen Schluck Wein, einige Minuten später.

Während der Fahrt sah er geradeaus, ließ die

Hände am Lenkrand und machte auch sonst keine Annäherungsversuche. Dafür redete er um so mehr. Über sich. Über seinen Beruf. Die schweren Zeiten. Silke erfuhr, dass er im Bauministerium arbeitete. Staatssekretär. Das klang nicht sehr bedeutend, aber ihr innerer Sinn sagte ihr, dass es das doch war. Er verriet ihr auch, dass der Herr Sekretär nicht nur vom Staat bezahlt wurde. Erst als er in der Nische jenes schummerigen Lokals, dessen Kundschaft vor allem aus Männern in seinem und Frauen in ihrem Alter bestand, seine Hand auf ihre legte, wurde das Bild klarer.

»Meine Ehe ist nur eine Zweckgemeinschaft«, erzählte er in vertraulichem Tonfall. Sie dürfe ihn nicht missverstehen. Er stehe zu seiner Frau und würde sie keinesfalls verlassen. So einen Skandal könne er sich gar nicht leisten. Nicht in dem kleinen Ort, aus dem er komme. »Für jemanden wie mich ist eine funktionierende Ehe essentiell, das müssen Sie verstehen. Die Wähler erwarteten das so. Also hält meine Frau zu Hause die Stellung, während ich hier sozusagen an der Front kämpfe.«

Er lachte und einmal mehr fühlte Silke sich an einen Karpfen erinnert. Diese Glupschaugen. Der halslose Kopf, der unmittelbar in den feisten Körper überging. Vor allem aber der weichlippige Mund, der für Luftblasen wie gemacht zu sein schien. Natürlich lachten Karpfen nicht, aber wenn sie es doch taten, klang ihr Gelächter vermutlich so.

»Als Mann hat man eben seine Bedürfnisse«,

fuhr der Karpfen fort und jetzt fiel Silke auf, dass seine Lippen beim Sprechen ein fast perfektes O formten. »Und bei einer schönen Frau wie Ihnen ... Bitte verstehen Sie mich nicht falsch, ich will Ihnen keinesfalls zu nahe treten – aber, wie soll ich sagen – Sie lösen ... Gefühle in mir aus.«

Silke hörte längst nicht mehr richtig zu, sondern versuchte, sich auf die tieferen Gedankenschichten zu konzentrieren. Trotzdem erkannte sie, dass eine Reaktion angebracht war. Sie sah kurz hoch, lächelte und antwortete etwas Unverbindliches, woraufhin er sein Geschwafel fortsetzte. Während sie ihre Sinne nach seinem Unterbewusstsein ausstreckte und sich an Bildern seiner Frau, der Kinder und des Hauses entlang hangelte, rauschten Thesen vom Nestbautrieb von Frauen an ihr vorbei. Sie stieß auf das Auto, eine weitere Wohnung, mehr Frauen, Erinnerungen an Herrenabende und geschäftliche Treffen und verpasste die Erklärung über den Freiheitsdrang von Männern. Während er über Biologie dozierte und den »Coolidge Effekt«, über Instinkte und Männchen, die ihr Erbgut weit streuen wollten, fand Silke die Bestätigung, dass der feine Herr sich für seine Entscheidungen bezahlen ließ, um seine Bezüge aufzubessern. Ihr wurde nicht ganz klar, wie die Geschäfte abliefen, es hatte etwas mit Beraterhonoraren und gelegentlichen Sonderzahlungen zu tun, aber eines war sicher: Der Karpfen wähnte sich vollkommen im Recht, weil er sein Gehalt als lächerlich niedrig empfand. Auch, dass das Finanzamt von diesen kleinen Finanzspritzen nichts erfuhr, ging für ihn in Ordnung. Schließlich opferte er sich durch sein Amt genug für die Allgemeinheit auf. Mehr konnte man von ihm nicht erwarten. Daher landete das Geld, statt auf einem normalen Konto, auf Umwegen in der Schweiz.

Zu ihrer Verärgerung gelang es Silke nicht, mehr herauszufinden, denn in diesem Moment rief der Karpfen nach dem Kellner.

»Und nun?«, fragte er, als er ihr in die Jacke half. »Wollen wir den schönen Abend nicht irgendwo ausklingen lassen?«

Seine Gedanken waren so offensichtlich, dass er sie ebenso hätte laut aussprechen können. Silke musterte ihn abschätzend, bevor sie antwortete. »Ich sagte bereits, dass ich nicht so Eine bin. Im Übrigen gestattet meine Vermieterin keinen Herrenbesuch.« Sie streckte ihm die Hand entgegen. »Vielen Dank für die Einladung und den schönen Abend.«

Wie erwartet, entschuldigte er sich beflissen und wiederholte sein Angebot, sie bei ihrer Pension vorbeizufahren. Beim Abschied wich sie seinem Kuss aus, sprang aus dem Wagen und lief die Treppe zur Haustür hinauf. Oben angekommen, drehte sie sich um und warf ihm eine Kusshand zu, bevor sie die Haustür hinter sich schloss. Dieser Fisch sollte ruhig noch ein bisschen zappeln.

Am nächsten Tag machte sie sich daran, herauszufinden, was es mit Schweizer Nummernkonten auf sich hatte. Nach einem Besuch in der Bibliothek und mehreren Gesprächen mit den Kundenberatern verschiedener Banken fühlte sie sich für die nächste Begegnung mit dem Karpfen gerüstet.

Zu ihrer Erleichterung ließ sein Rückruf nicht lange auf sich warten. Schon am übernächsten Tag teilte die Wirtin ihr mit, ein Herr Dr. Schäfer habe für sie angerufen und bitte um Rückruf. »Ihr Verlobter?«

»Nein«, antwortete Silke mit einem leichten Anflug von Übelkeit. »Jemand, bei dem ich mich wegen einer Anstellung als Sekretärin vorgestellt hatte.« Der Karpfen als Verlobter – das hätte ihr gerade noch gefehlt.

Der säuerliche Ausdruck auf dem Gesicht ihrer Vermieterin schwand. »Passen Sie auf sich auf, Kind. Er schien ein bisschen sehr vertraulich.« Sie zog das Telefon unter dem Tresen hervor. »Wollen Sie ihn gleich zurückrufen?«

Silke sah auf die Uhr und verneinte. »Zu spät, fürchte ich. Die Geschäftszeiten dort sind nur bis um vier. Danach geht niemand mehr ans Telefon.«

Sie sah, dass die Wirtin etwas antworten wollte und lenkte das Gespräch rasch in eine andere Richtung, indem sie sich erkundigte, wo man günstig zu Abend essen könne. Das Manöver verfing. Das empfohlene Lokal lag direkt an der Rheinpromenade. »Die Terrasse ist sehr lauschig und das Essen wirklich gut und sehr günstig. Aber kommen Sie rechtzeitig wieder. Wegen der Bäume sind einige

Ecken wirklich sehr düster.«

Das klang sehr vielversprechend, aber zunächst brauchte sie eine Telefonzelle, um den Karpfen zurückzurufen.

Nachdem sie sich für den nächsten Tag verabredet hatten, schlenderte Silke zum Rhein hinunter. Das von der Wirtin empfohlene Lokal war ein schon älteres Gebäude, das früher einmal Teil der Stadtmauer oder einer Kirche gewesen sein mochte. Hohe Bäume, unter denen Lichtergirlanden hingen, überschatteten die Terrasse. Silke hörte das Klirren von Gläsern und Besteck, leise Gespräche und verhaltenes Lachen. Der Abendwind trug den Geruch von Braten, Klößen und Brühwurst. Zweifelsohne hatte die Wirtin die Qualität des Essens nicht übertrieben. Silke ging am Eingang des Biergartens vorbei, setzte sich im Schatten auf eine Parkbank und wartete. Hinter ihr versank die Sonne und färbte den Rhein rot. Silkes Magen knurrte.

Als es dunkel genug war, stand sie auf und näherte sich dem Biergarten. Die Stimmen waren weniger geworden, der Essensgeruch hatte nachgelassen. Aber immer noch summte dort oben das Leben. Silke drückte sich in den Schatten der Bäume und wartete, bis ein einzelner Gast die Terrasse verließ und beeilte sich, Hunger und Durst zu stillen, bevor sie mit seiner Brieftasche in die Pension zurückkehrte.

Auch das Treffen mit dem Karpfen am anderen Tag lief zufriedenstellend. Er führte sie in ein anderes Restaurant, etwas auswärts gelegen, aber ebenso schummerig wie das erste. Während sie aßen – bzw. während er aß und sie in ihrem Essen stocherte und nur vorgab, zu essen – erforschte sie erneut seine Gedanken. Jetzt, wo sie wusste, wie man Geld auf Schweizer Konten vor dem Fiskus in Sicherheit brachte, fiel es ihr leicht, den Verästelungen seiner Gedanken zu folgen. Lediglich die richtigen Nummern herauszufinden, bereitete ihr Schwierigkeiten, weil er sie nicht auswendig wusste, sondern in ein kleines, ledergebundenes Heft notiert hatte, das ganz hinten in einer Schreibtischschublade seines Bonner Appartements lag.

Silke lächelte viel an diesem Abend, erlaubte dem Karpfen, zum Du überzugehen und ließ sich, als er mit geheuchelter Überraschung feststellte, wie spät es schon geworden sei, zu einer Hotelübernachtung überreden. Beide waren sehr mit sich zufrieden, als sie das Doppelzimmer betraten, das er für sie gemeinsam gebucht hatte.

Silkes Zufriedenheit hielt länger an als seine. Als er aus dem Bad kam, erwartete sie ihn auf der Bettkante und ließ sich bereitwillig in den Arm nehmen. Dann biss sie zu. Er schmeckte schon etwas überreif, aber sie trank sich trotzdem satt, nahm seine Schlüssel und seine Brieftasche, ließ sich an der Rezeption ein Taxi rufen und zur Wohnung des Karpfen bringen.

Ein zweites Taxi brachte sie mit dem Notizbuch zum Bahnhof.

Auf dem Konto des Karpfen lag fast eine Dreiviertelmillion. Silke hob alles ab und fuhr nach Hause.

Erst als sie in Frankfurt angekommen war, ging ihr auf, wie unglaublich leichtsinnig sie sich verhalten hatte. Sie hatte den Karpfen wissen lassen, wo sie wohnte und bei der Anmeldung in der Pension nicht nur ihren richtigen Namen, sondern auch ihre Adresse angegeben. Wenn der Karpfen sie suchen ließ, würde er sie finden. Sie war nicht mehr sicher! Sie brauchte einen neuen Namen und einen neuen Unterschlupf. Noch in der gleichen Nacht zog sie in ein Hotel.

Wenn sie Zeitungen gelesen hätte, wäre sie zwei Wochen später auf eine kurze Meldung gestoßen, dass der Herr Staatssekretär sein Amt aus gesundheitlichen Gründen niedergelegt habe, nachdem er zuvor einen Schwächeanfall erlitten hatte, der einen längeren Klinikaufenthalt erforderlich mache. Aber Silke las keine Zeitungen, sondern nur Illustrierte. Das änderte sie erst, als auch ihr neues Geschäftsmodell immer schwieriger umzusetzen war.

Vorerst war sie mit ihrem Coup vollkommen zufrieden. Eine Dreiviertelmillion reichte problemlos für den Kauf einer Zwei-Zimmerwohnung in Frankfurt Bonames. Die Lage im 17. Stock bot einen sensationellen Ausblick, die Nachbarschaft ein befriedigendes Maß an Anonymität und für den

Notfall auch genug Versorgungsmöglichkeiten, obwohl die Innenstadt und Sachsenhausen Silkes bevorzugte Jagdreviere blieben. Sie achtete darauf, sich unauffällig zu verhalten, kleidete sich dezent, grüßte höflich im Vorbeigehen und zahlte vorbildlich Steuern, Abgaben und Fahrkarten. Geldsorgen hatte sie trotzdem keine. Jetzt, da sie eine eigene Wohnung besaß, reichte das Geld aus den Brieftaschen ihrer Opfer, um die laufenden Kosten zu decken.

Dass sie ein ganz anderes Problem hatte, merkte sie im August 1985, als sie eine neue Jahreskarte kaufen wollte und die Frau hinter dem Schalter ihren Ausweis mit der Bemerkung zurückgab: »Der ist leider abgelaufen. Den müssen sie verlängern. Vorher kann ich ihnen keine neue Fahrkarte ausstellen.« Sie warf einen Blick auf Silke. »Aber immerhin müssen Sie kein neues Foto machen. Sie sehen ja noch keinen Tag älter aus als auf dem Bild hier.«

Bei einem Mann hätte Silke vielleicht an Schmeichelei und einen Flirtversuch geglaubt und den Ausweis unbesehen eingesteckt. So aber schrillten sämtliche Alarmglocken. Das Bild war zehn Jahre alt, und unter der peinlichen Frisur von damals, guckte tatsächlich genau das gleiche Gesicht hervor, das ihr jeden Tag aus dem Spiegel entgegenblickte. Silke stammelte einen Dank, und dass sie sich darum kümmern werde, und hatte seit fünf Jahren zum ersten Mal wieder das dringende Bedürfnis nach einer Zigarette. Selbstverständlich konnte sie den Ausweis verlängern. Einmal. Aber dann? Dank ihrer

Suggestionskraft konnte sie zwar Menschen davon überzeugen, eine ältere Frau vor sich zu haben. Aber sie würde auch ein Foto brauchen, auf dem sie alt aussah - und wenn sich ihr Spiegel nicht täuschen ließ, würde es bei der Linse einer Kamera voraussichtlich auch nicht gelingen.

Für einige Zeit konnte sie damit durchkommen, jemandem, der ihr einigermaßen ähnlich sah, die Papiere zu klauen. Um Fahrkarten zu kaufen, würde das reichen, so lange niemand zu genau hinsah. Aber was, wenn ihr Aussehen blieb? Wenn sie zwar älter wurde, aber nicht alterte? Irgendwann würden sich die Nachbarn Gedanken machen - und nicht nur die! Vampire wären unsterblich, hieß es.

Was, wenn sie noch hundert Jahre oder mehr lebte? Ihr schauderte bei dem Gedanken. Irgendwann würde sich doch bestimmt jemand bei der Bank fragen, ob das mit dem Konto noch seine Richtigkeit hatte. Und was, wenn man ihr dann die Karte sperrte? Oder wenn bei einer Behörde auffiel, dass für die Wohnung im Ben-Gurion-Ring 14 immer noch die gleiche Frau gemeldet war. Eine Frau, die nie ihren Perso verlängert hatte? Würde da nicht jemand nachgucken kommen? Würde es eines Tages klingeln und jemand würde sich höflich nach dem Verbleib der Hauseigentümerin erkundigen? Oder würden die Bullen gleich die Tür aufbrechen, auch wenn aus der Wohnung bestimmt kein Verwesungsgestank kam? Konnte sie das mit einem gefakten Mietvertrag verhindern? Wohl kaum. Das wäre viel zu durchsichtig. Spätestens, wenn jemand die Mietzahlungen überprüfte, wäre sie im Arsch. Also musste sie es irgendwie schaffen, Alter und Tod vorzutäuschen, um sich selbst zu beerben.

Silke seufzte. Vampir zu sein, war deutlich komplizierter, als es den Anschein gehabt hatte. Höchste Zeit, sich Gedanken über ihre Zukunft zu machen.

Das Ergebnis war, dass alles noch komplizierter wurde.

*

Wie auf der Bühne, wo alle mal wieder durcheinander sangen. Silke versuchte, irgendeinen Sinn in das Gewusel der Figuren zu bringen, scheiterte aber. Hätte sie doch vorhin bloß Detlef um das Programmheft gebeten, dann könnte sie jetzt diskret nachschlagen. Ihn jetzt darum zu bitten, würde vermutlich die übrigen Zuhörer verärgern. Andererseits - die Sänger waren so laut. Wenn sie ganz leise fragte und Detlef ausnahmsweise auf seine Belehrungen verzichtete, würde es vermutlich niemandem auffallen.

Silke drehte sich zu ihm. Der große Kunstkenner hatte die Augen geschlossen. Sein Mund stand ein Stück weit offen. Im Mundwinkel glänzte Speichel. Um so besser! Sie beugte sich über ihn und zog ihm sanft das Programmheft aus der Jackettasche.

Aber abgesehen davon, dass sie so endlich erfuhr,

worum es bei dieser Oper eigentlich ging, brachte ihr das gar nichts. Sie war zu lange in ihren eigenen Gedanken versunken gewesen, um den Anschluss zu finden. Im Grunde war es aber auch egal, denn das Ergebnis klang trotz des Durcheinanders erstaunlich gut. Nach einer Weile begriff Silke, dass das vermeintliche Chaos durchaus Strukturen hatte. Eine Sängerin gab das Motiv vor, andere griffen es auf und wandelten es ab. Ein Sänger brachte ein neues Motiv und damit so etwas wie Dissonanz, aber auch das wurde aufgegriffen und abgewandelte, bis sich die Melodien harmonisch verschränkten.

Vielleicht sollte ich auch eine Oper über mein Leben machen, dachte Silke. Oder ein Buch darüber schreiben. Einen Ratgeber: »1x1 des Überlebens für Untote«. Konsequenterweise nur im Darknet verfügbar. Silke unterdrückte ein Kichern.

Aber abgesehen davon, dass das mit dem Buch natürlich albern war, gab es Parallelen zur Oper: Auch in Deutschland war das Leben hübsch orchestriert. Das merkte man nur meist erst dann, wenn man etwas plante, das so nicht vorgesehen war. Zum Beispiel machten die Bürokratie und die Meldegesetzen es schwierig, einfach zu verschwinden und als neue Person wieder aufzutauchen. Ungleich schwieriger jedenfalls als es in Amerika sein musste, wo man offenbar nichts anderes brauchte, als eine Geburtsurkunde.

Silke hatte schnell begriffen, dass sie ihren ursprünglichen Plan, den eigenen Tod vorzutäuschen und sich dann selbst zu beerben, knicken konnte. So direkt ging das nicht. Es war nicht völlig unmöglich, nur sehr viel komplexer.

Am wichtigsten war, nicht länger als einzelner Mensch aufzutreten. Sie brauchte so etwas wie eine gespaltene Persönlichkeit. Einen Popanz der sie überleben würde und in dessen Schatten sie ihr wahres Ich verstecken konnte. Kurzum, sie brauchte eine juristische Person, genauer gesagt, eine GmbH. Anders als Menschen, konnte die ewig existieren und blieb nach außen praktisch unverändert, auch wenn das Management natürlich von Zeit zu Zeit wechselte.

*

Jetzt, 32 Jahre später, gehörte Silke offiziell nichts mehr. Ihre Wohnung im Ben-Gurion-Ring war bei Firmengründung in das Eigentum der NoirUG GmbH übergegangen und seit über zehn Jahren an ein älteres Ehepaar vermietet. Silke lebte inzwischen längst nicht mehr in Frankfurt, sondern in Marburg, weitab von ihren bevorzugten Jagdgebieten. Wieder in einer Hochhaussiedlung am Stadtrand, die groß und unübersichtlich genug war, um nicht aufzufallen. Vor allem aber weit genug heruntergekommen, um einigermaßen sicherzustellen, dass sich keins ihrer Opfer zufällig dorthin verirrte. Silke legte keinen Wert darauf, ihnen erneut über den Weg zu laufen.

Der Mietvertrag lief auf den Namen Airi Koskinen - den Namen, den Silkes aktueller Ausweis zeigte. Laut der vorgelegten Gehaltsbescheinigungen arbeitete Frau Koskinen im Marketing der NoirUG GmbH. Tatsächlich ging jeden Monat eine entsprechende Zahlung auf ihrem Konto bei der Marburger Volksbank ein, obwohl sie noch nie auch nur ein Inserat für die NoirUG formuliert hatte.

Aber natürlich musste sie das auch nicht.

Schließlich war sie unter ihrem richtigen Namen auch alleinvertretungsberechtigte Geschäftsführerin. Als solche ging sie mindestens einmal pro Woche in den Büroräumen vorbei, sah nach der Post und erledigte die Buchhaltung. Die bestand keinesfalls nur darin, die Beträge aus den geplünderten Brieftaschen zu addieren und in ein Kassenbuch einzutragen. Effiziente Geldwäsche war viel komplexer, das hatte Silke schnell begriffen. Irgendwoher musste das Geld schließlich kommen. Andererseits wurde kaum noch bar bezahlt - der Gastronomiesektor vielleicht ausgenommen.

Um der NoirUG trotzdem einen seriösen Anstrich zu gcbcn, hatte Silke die Firma auf angebliche Dienstleistungen im EDV-Bereich spezialisiert: vor allem Datenrettung, Computerreparaturen und Schulungen. Damit war sie in der Lage, Rechnungen an Adressen zu schreiben, die sie aus dem Telefonbuch heraussuchte und Zahlungseingänge zu quittieren, die sie nie erhalten hatte.

Dabei war es durchaus hilfreich, dass sie wirklich

etwas von Computern verstand. Sie hatte Computer, vor allem Computerspiele und später auch das Internet, früh für sich entdeckt. Ohne feste Zeiten und lästigen Sonnenschein war diese Welt der ideale Rückzugsort. Eine Welt, in die sie eintauchen, und in der sie sich verlieren konnte. Wo sie alles war, was sie sein wollte: Mann, Frau, Kind, Greis, Geliebte, Troll ...

In den Anfängen blieb sie ein Name ohne Gesicht. Später, als die Technik es erlaubte, gab sie sich das, das sie zeigen wollte. Sie wurde zu einer leidenschaftlichen Gamerin, die Stunden in virtuellen Welten verbrachte und ihr Geld mit vollen Händen ausgab, um ihre Ausrüstung durch magische Artefakte, Runen und Edelsteine zu optimieren. Zeitweise spielte sie mit dem Gedanken, selbst solche Spiele zu entwerfen. Sie begann, selbst zu programmieren, stellte aber schnell fest, dass es ihr an Geduld und Fantasie mangelte. Immerhin lernte sie genug, um die Technik einer Software zu verstehen. Zu begreifen, wie einfach sich manche Schranken umgehen und Passworte knacken ließen.

Mit einem Mal war sie nicht mehr auf das Gedächtnis ihrer Opfer angewiesen. Es reichte, den Rechner zu starten und dort zu suchen. Sie brauchte nicht einmal selber vor Ort zu sein. Ein geschickt getarnter Trojaner erledigte die Hauptarbeit. Silke lernte, Skripts, Malware und Keylogger einzusetzen, Remote-Zugänge einzurichten und Anonymisierungssoftware zu nutzen. Es war ein Spiel um des

Spielens willen. Silke genoss in erster Linie die Macht, die es ihr verlieh. Das Geld war ein angenehmer Nebeneffekt.

Es landete, nachdem es über verschiedene Zwischenkonten gelaufen war, auf einem Zahlenkonto in der Schweiz. Silke rührte es kaum an. 2005 stellte sie fest, dass sie eine knappe halbe Million angespart hatte. Peanuts für Einige; für sie ein beruhigendes Polster für alle Eventualitäten. Doch im Folgejahr wurde den deutschen Steuerbehörden eine CD mit den Bankdaten verschiedener Liechtensteiner Kunden angeboten.

Silke ahnte sofort, dass es nur eine Frage der Zeit war, bis auch das Schweizer Bankgeheimnis fiel. Sie löste das Konto auf und legte ihr Geld in Bitcoins an, nur um festzustellen, dass die Wallets nicht eben sicher und der Kurs heftigen Schwankungen unterworfen war. 2008 betrug ihr Vermögen kaum noch hunderttausend Euro. Daher entschied sie sich, Bitcoins nur noch zur Verschleierung von Transaktionen zu nutzen, die Gelder dann aber lieber auf ein reales Konto zu überführen. Idealerweise in ein Land mit großzügiger Finanzaufsicht.

Ihre Wahl fiel auf Vanuatu, einen Inselstaat, von dem sie zuvor noch nie gehört hatte. Für Silke ein Zeichen von Stabilität und ein gutes Omen obendrein: Wenn sie Vanuatu nicht kannte, standen die Chancen gut, dass auch die Finanzämter nicht hellhörig wurden. Zur Sicherheit gründete sie auch dort eine Firma. VAMPYR Im- und Export. Die Wohnung im Ben-Gurion-Ring und das heruntergekommene Bürogebäude in Offenbach wurden an die neue Firma überschrieben und die NoirUG GmbH als hundertprozentige Tochter eingegliedert. Offiziell erbrachte die NoirUG jetzt Beraterleistungen an die VAMPYR, was die regelmäßigen Zahlungen der VAMPYR erklärte. Im Gegenzug musste die NoirUG Miete für die Immobilien zahlen, so dass sichergestellt war, dass in Deutschland keine Gewinne anfielen. Versteuert wurden lediglich das schmale Gehalt für Frau Koskinen, das kaum Miete und die Spritkosten für das Auto deckte, das sie zu ihren Jagdgründen brachte, sowie das bisschen, was sich Silke als Geschäftsführerin zubilligte. Schließlich brauchte sie nicht viel. Alles schien gut.

Silke war mehr als nur ein bisschen stolz auf ihr kleines Imperium.

Es machte ihr nichts aus, »junge Frau« genannt zu werden, wenn sie im türkischen Kiosk um die Ecke Zeitschriften kaufte. Sie störte sich nicht daran, dass selbst Studenten mit ihr flirteten - im Gegenteil. So ein Flirt verlieh dem Essen zusätzliche Würze und, viele Studenten waren gar nicht mal so arm.

Silkes Zufriedenheit mit sich fand ein jähes Ende, als die alte Frau aus dem Erdgeschoss sie eines Morgens abpasste.

»Frau Koskinen! Was fjr eine Freijde für die Augen!«, schallte es ihr entgegen, kaum dass sie das Treppenhaus betreten hatte. »Wie immer so frij

schon unterwegs. Und immer so hibsch und ge-
pflegt!«

In diesem Moment wusste Silke, dass sie ein Problem hatte und die Nachbarschaft längst nicht so
anonym war, wie geglaubt. Es gelang ihr, den Schre-
cken mit einem Lachen zu überspielen, weiteren
Fragen auszuweichen, die ganz klar auf ihr Liebesle-
ben abzielten, und zu entkommen, bevor die Alte ihr
ein Date mit einem ihrer unverheirateten Enkel auf-
schwatzen konnte. Aber ihr war auch klar, dass sie
ein neues Versteck brauchte. Dringend! Hier war sie
nicht länger sicher.

Am besten nicht nur eines, dachte sie, während
sie das Verdunklungsrollo vor ihrem Schlafzimmer-
fenster herabließ. Mehrere, dann kann ich wechseln.
Appartements. In irgendeiner Großstadt. Sie zog die
Vorhänge vor das Rollo, um auch den letzten Rest
Sonnenlicht auszuschließen und schaltete den PC
cin.

Während der Rechner hochfuhr, nahm auch ihr
Plan allmählich Gestalt an. Ein-Zimmer-Appart-
ments. Möbliert vermietet. Wochen- maximal mo-
natsweise, bis auf cins, in dem sie selber wohnte.
Fünf, nein besser sechs davon, dann konnte sie jedes
zehn Jahre ... Zehn Jahre sollte möglich sein, ohne
groß aufzufallen, oder? Bei sechs Objekten wären
das sechzig Jahre, wenn sie die reihum benutzte.
Reichten sechzig Jahre, um vergessen zu werden?
Sieben waren vielleicht besser. Andererseits gab es
immer noch die Wohnung im Ben-Gurion-Ring. Ir-

gendwann würden die Mieter sterben, dann konnte sie die auch ... Sechs würden reichen. Im Schnitt kostete ein Appartment fünfzigtausend. München war natürlich teurer, Hamburg auch. Aber Städte wie Essen, Duisburg oder Chemnitz rissen es wieder raus. Dazu käme die Einrichtung. Und sie würde eine Firma brauchen, die die Wohnungen pro forma verwaltete. Also noch mal fünfzigtausend für die Gründung. Das machte überschlägig etwa vierhunderttausend. Auf dem Konto in Vanuatu lag gerade mal die Hälfte. Ein neuer Coup war fällig. Ein richtig großer Fischzug.

So war sie an Detlef gekommen.

Detlef, der sowohl die Firma beschissen hatte, für die er arbeitete als auch den Staat. Weil er es konnte. Weil er glaubte, das Geld stehe ihm zu. Weil ihm alle, Gott, die Welt und das Schicksal ein besseres Leben schuldeten. Eines, zu dem ein Bentley und eine Villa im Taunus ebenso selbstverständlich gehörten, wie ein Chalet in der Schweiz und eine Yacht im Mittelmeer. Mein Haus, mein Auto, meine Yacht. Meine Ehefrau.

Bisher hatte er es lediglich zu einer Eigentumswohnung und einem Porsche gebracht. Die Ehefrau war das nächste Projekt. Ab einer bestimmten Karrierestufe ist es auch für Männer hinderlich, unverheiratet zu sein. Silke gab sich keinen Illusionen hin, was sie Detlef bedeutete. Sie war seine Trophäe und sein Türöffner. Er würde sie sofort und ohne Gewis-

sensbisse fallenlassen, wenn sich eine bessere Partie
ergab.

Was nie geschehen würde.

ZWEITER AKT

SILKE WARF EINEN BLICK auf den Nebensitz. Detlef schlief immer noch.

Unten auf der Bühne steuerte das Drama einem neuen Höhepunkt entgegen. Mehr und mehr Personen strömten zusammen. Tänzer, Akrobaten, die Men in Black, eine Art Brautjungfern, die mit Fächern wedelten und schließlich eine Frau mit einer Tiara im Haar. Sie trug ein rotes Kleid mit einer Wahnsinnsschleppe. Bestimmt zwei, drei Meter Stoff. Die wedelnden Brautjungfern bildeten eine Gasse und die Rotgekleidete rauschte hindurch, die Schleppe wie eine Blutfahne hinter sich herziehend. Silke warf einen Blick in das Programmheft. Das musste die Prinzessin sein. Turandot, die geschworen hatte, nicht zu heiraten, und die nun jeden Bewerber umbringen ließ, der ihre Fragen nicht beantworten konnte. Demnach war der Mann, der am Boden kniete, vermutlich Timur, der Tartarenprinz. Jetzt war auch klar, wie die Sache ausgehen würde.

Turandot blieb stehen und stellte eine Frage. Der Prinz stand auf und sang seine Antwort. Turandot fragte erneut. Wieder war die Antwort richtig. Der Chor geriet in helle Aufregung. Turandot rang die Hände. Eine richtige Antwort noch und ihre List wäre geplatzt. Eigentlich hatte Silke keine Lust, das Ende zu erleben.

Sie sah zu Detlef. Seine Kehle pulsierte.

Sie konnte es jetzt tun. Es sofort zu Ende bringen, jetzt, wo alle Blicke auf die Bühne gerichtet waren. Es musste auch nicht der Hals sein. Genauso konnte sie seinen Unterarm nehmen, die Ellenbeuge - jede Stelle, an der Venen dicht unter der Haut liefen. Der Handrücken bot sich an. Selbst, wenn jemand zufällig zu ihnen sah, würde er sich nichts denken, wenn sie die Hand gegen ihren Mund presste. Es würde ganz schnell gehen. Niemand würde etwas merken. Jedenfalls nicht gleich. Erst wenn die Leute den Saal verließen, um sich in der Pause die Beine zu vertreten, etwas zu essen oder auf Klo zu gehen, würden sie Detlefs Zustand bemerken. Spätestens, wenn sie auf ihre Plätze zurückkehrten, würde er ihnen auffallen. Besser, sie hielt sich an den Plan. Die fünf Minuten bis zur Pause und die halbe Stunde danach, würde sie auch noch überstehen.

Unten auf der Bühne gab der Prinz zum dritten Mal die richtige Antwort.

Turandot verzweifelte.

Silke warf einen letzten Blick auf die pulsierende Stelle an Detlefs Hals und lehnte sich in ihrem Sitz zurück. Planung war alles. Und im Gegensatz zu denen der chinesischen Prinzessin, pflegten ihre Pläne zu funktionieren.

Das Pausenläuten weckte Detlef. Hastig tupfte er den Speichel von seiner Wange und stand auf: »Gehen wir einen Sekt trinken?«

Silke lächelte. »Wenn du möchtest.«

Immer noch lächelnd hakte sie sich bei ihm unter. Bald war es überstanden. Nur diese Pause noch!

Detlef schritt so zügig aus, dass Silke Schwierigkeiten hatte, mit ihm Schritt zu halten. Aber sie erreichten die Bar mit als Erste. Schon zwei Meter davor rief Detlef nach Champagner. Die Antwort, dass es nur Sekt gebe, quittierte er mit lautem Murren. Als er die Gläser entgegennahm, hob er jedes in die Höhe, um sich zu vergewissern, dass sie bis zum Eichstrich gefüllt waren.

»Sie versuchen immer, einen über's Ohr zu hauen«, erklärte er Silke, ohne auch nur ein bisschen leiser zu sprechen. »Man darf ihnen das nicht durchgehen lassen. Aber lass' uns aus dem Gedränge gehen.«

Er führte sie zu einem freien Bistrotisch. »Und nun auf uns, Liebes! Cheers!« Er hob das Glas. »Habe ich dir schon gesagt, wie wunderschön du aussiehst?«

»Auf uns!« Mit Todesverachtung nippte Silke an

ihrem Glas. Sekt verursachte ihr Sodbrennen.

»Immerhin, der ist gut«, stellte Detlef fest. »Die Aufführung dagegen ...«

Silke zog die Brauen hoch. »Ja? Mir hat sie bisher eigentlich ganz gut gefallen.«

»Da merkt man, dass du lieber ins Kino gehst«, sagte er gönnerhaft. »Aber das hier ist Oper. Verstehst du? Oper! Geschrieben von Puccini. Puccini! Und es spielt im alten China und nicht in Chicago. Da kann man die Sänger doch nicht in Anzügen und Pyjamas auftreten lassen! Ich bitte dich! Und dann dieses Bühnenbild!«

Er redete sich immer mehr in Rage. Silke nickte und äußerte Zustimmung, wann immer er Luft holte. Sollte er reden. Nicht mehr lange und sie würde sein Geschwätz nie wieder hören müssen.

»Wir müssen wirklich etwas für deine Bildung tun«, schloss er seinen Vortrag, als das erste Klingeln das Ende der Pause anzeigte. »Als meine Frau musst du in solchen Dingen mitreden können.« Er leerte sein Glas in einem Zug. »Komm, trink aus! Wir müssen zurück auf unsere Plätze.«

Silke nippte noch einmal an ihrem Sekt und stellte ihn dann zurück. »Heute nicht, Schatz. Ich musste vorhin aufstoßen und seitdem habe ich einen ganz hässlichen Geschmack im Mund.«

»Warum bist du dir denn nicht den Mund spülen gegangen? Jetzt ist es zu spät. Aber gut.« Detlef griff nach dem Glas und leerte es ebenfalls. Dann legte er Silke den Arm um die Taille und für einen Moment befürchtete sie, er wolle sie küssen. Das zweite Pausenklingeln rettete sie. Detlef erstarrte für einen Moment, dann dirigierte er sie Richtung Treppe. Silke wusste, was er dachte: Nicht, dass sie noch zu spät zu ihren Plätzen kamen!

DRITTER AKT

ENDLICH ERLOSCHEN DIE LICHTER. Die Musik setzte ein. Der Vorhang hob sich. Das Bühnenbild zeigte wieder den Park vor dem Bürohaus, das in dem Stück als Palast fungierte. In der Mitte stand der Prinz. Als er den Mund öffnete und die ersten Töne des »Nessun dorma« sang, war es endlich so weit.

Silke beugte sich zu Detlef hinüber, legte ihren Kopf an seine Schulter und ließ zu, dass er sie näher an sich zog. Dann senkte sie ihren Willen in seinen und ihre Zähne in seinen Hals. Es dauerte nur wenige Sekunden, bis sein Verstand erschlaffte. Auch der Druck seines Arms ließ nach.

»Ich muss mal eben zur Toilette«, flüsterte sie ihm ins Ohr und entwand sich seiner Umarmung.

Seine Antwort kam als kaum verständliches Lallen. »Du kommst nicht wieder rein.«

Silke lächelte und tätschelte seine Hand. »Keine Sorge. Ich komme wieder, Schatz. Ich bin zurück, bevor du mich vermisst. Versprochen!«

*

»Ich kann Sie aber nicht wieder hineinlassen«, sagte auch die Saaldienerin, die hinter der Tür stand. Dass es hier Leute gab, die die Türen bewachten, hatte Silke nicht bedacht. Es machte aber auch keinen Unterschied. Daher zuckte sie mit den Schultern und schenkte der Frau ein entschuldigendes Lächeln. »Dummes Timing. Ich weiß. Aber ich muss wirklich ganz dringend auf die Toilette.«

So schnell der lange Rocksaum und ihre Highheels es erlaubten, stakste sie in die angegebene Richtung. Ab jetzt kam es auf jede Minute an.

Die Toiletten waren leer, wie erwartet. Silke zog sich das Kleid über den Kopf und betrat, nur mit Unterwäsche und Strumpfhose bekleidet, die zweite Kabine. Sie streifte die High Heels ab, klappte den Toilettendeckel herunter und stieg hinauf. Ein Klimmzug brachte sie auf die Trennwand. Von dort aus brauchte sie nur noch den Arm ausstrecken, um die Platten der abgehängten Decke hochzudrücken. Sie stopfte das rote Kleid, die Clutch und die Highheels in die Öffnung und zog eine unauffällige Umhängetasche heraus, die sie schon vor ein paar Tagen dort deponiert hatte.

Wieder am Boden öffnete sie die Tasche. Hervor kamen ein dunkles, bis über die Knie reichendes Langarmshirt, schwarze Leggins, ein Strickjäckchen und flache Ballerinas. Silke streifte die Leggins über und schlüpfte in das Shirt. Es war einen Tick zu weit, der dünne Stoff warf weiche Falten. Dafür saß das Strickjäckchen um so knapper. Silke musste die oberen Knöpfe offen lassen, sonst hätte es zu sehr über der Brust gespannt. Zum Schluss schlang sie schwarze Tuch so um den Kopf, dass es Hals und Haare verdeckte und steckte es mit ein paar Nadeln am Hinterkopf fest.

Ein letzter prüfender Blick in den Spiegel. Die Lady in Red hatte sich in eine moderne Muslima verwandelt: betont keusch und gerade dadurch sexy. Sie öffnete die Toilettentür und spähte den Gang hinunter. Alles leer. Auch auf dem Weg zum Hinterausgang begegnete ihr niemand. Gut!

Mit schnellen Schritten lief sie die Hofstraße hinunter, über die Neue Mainzer und in die Mainzer Hofgasse, wo sie in der vergangenen Nacht einen Mietwagen geparkt hatte. Ihr blieb etwas über eine halbe Stunde. Fast die Hälfte davon würde sie für die Fahrt zu Detlefs Wohnung im Diplomatenviertel brauchen. Wenn alles gut ging. Zum Glück war der Feierabendverkehr vorbei. Silke nahm alle Ampeln bei gelb.

Detlef wohnte in einem Altbau; in einer der wenigen Wohnungen, die nicht in Steuerbüros oder Arztpraxen umgewandelt worden waren. Silke hielt sich nicht lange mit der Parkplatzsuche auf, sondern parkte den geliehenen Corsa wenige Meter von der Haustür entfernt in einer Garageneinfahrt. Um diese Uhrzeit würde kaum noch jemand kommen oder

fahren wollen und sie hatte nicht vor, lange zu bleiben. Maximal zehn Minuten. Mit gesenktem Kopf
und festen Schritten ging sie auf die Haustür zu. Eine Putzfrau auf dem Weg zur Arbeit.

Es hätte so viel einfacher sein können, dachte sie,
als sie die Haustür aufschloss. Wenn er nur ein kleines bisschen mehr Vertrauen gehabt hätte. Aber
Detlefs Angst vor dem Fiskus grenzte schon fast an
Paranoia. Ein Nummernkonto in der Schweiz? Viel
zu unsicher!

*

»Vergiss das mal ganz schnell«, hatte er gesagt, als
Silke bei einem ihrer ersten Treffen andeutete, sie
überlege, ihr Geld dort anzulegen, um Steuern zu
sparen. »Oder willst du, dass deine Daten als CD
beim Finanzamt landen? Das großartige Schweizer
Bankgeheimnis ist so löcherig wie ein Emmentaler.«
Das wusste sie zwar selber, aber sie hatte nicht vor,
Detlef dieses Wissen auf die Nase zu binden. Statt
dessen fragte sie, ob er ihr ein paar Tipps geben
könne. Das tat er gerne - bis zu einem gewissen
Grad jedenfalls. Wenn es um die Details ging, wurde
er bemerkenswert unpräzise. Sein Geld sei auf einer
netten kleinen Insel untergebracht, die das Bankgeheimnis wirklich respektiere, ließ er sie wissen. Das
sei zwar nicht ganz billig, aber immer noch günsti-
ger, als Steuern zu zahlen.

Silke fragte nicht weiter. Er sollte nicht wissen,

dass sie sich für sein Geld weit mehr interessierte als für ihr eigenes. Die Befriedigung, die er beim Gedanken an dieses Konto empfand, verriet ihr genug.

Ihr nächster Schritt war gewesen, sich in seinen Rechner zu hacken. Dummerweise hatte auch da Detlefs Paranoia zugeschlagen. Das Ding war mit Firewalls und einem ewig langen Passwort gesichert. Silke erfuhr aus seinen Gedanken nur, dass er es verschlüsselt aufbewahrte und jede Woche wechselte. Aber präziser wurde es nicht, egal, was Silke probierte. Was für einen Schlüssel er benutzte und wo er ihn notiert hatte, blieb sein Geheimnis.

Sie brauchte einen Trojaner, um dahinter zu kommen. Nur wie sollte der auf seinen Rechner kommen? Detlef war nicht der Typ, der einfach auf Dateianhänge klickte. Erst recht nicht auf solche von unbekannten Absendern. Sie brauchte etwas Unverfängliches, das sie von einer unverfänglichen Adresse aus senden konnte. Vorzugsweise der eigenen. Ein Selfie von ihnen beiden bei einem Date? Bei einem Anderen hätte das vielleicht gezogen, aber Detlef war nicht der romantische Typ. In ihrer Beziehung waren die Rollen klar verteilt. Er war der weltgewandte Mann und sie das Frauchen, das andächtig zu ihm aufschaute. Es schmeichelte seinem Ego, wenn er ihr etwas erklären konnte.

Der Gedanke brachte sie auf eine Idee. Zwei Tage später erzählte sie ihm beiläufig, sie überlege, eine Eigentumswohnung zu kaufen. Sie habe schon mehrere ins Auge gefasst, könne sich aber nicht recht entscheiden. Detlef biss sofort an und hielt ihr einen Vortrag über Chancen und Risiken des Immobiliengeschäfts. Silke hörte geduldig zu, nickte an den richtigen Stellen und beschränkte sich im Übrigen auf beifällige Laute. Als Detlef endlich eine Pause machte, um einen Schluck von seinem Rotwein zu nehmen, ließ sie die Falle zuschnappen.

»Dass es so kompliziert ist, hätte ich echt nicht gedacht«, sagte sie im Ton aufrichtigster Bewunderung. »Sag mal, könnte ich dir vielleicht die Exposés von den drei Objekten zukommen lassen, die am Ehesten in Betracht kommen? Nur für eine zweite Meinung?«

Wie zu erwarten, schmeichelte ihm ihre Bitte. Eines der Fotos, die sie ihm daraufhin schickte, enthielt ein kleines Skript, das sich in seinen Dateien versteckte. Es verhinderte, dass der Rechner vollständig herunterfuhr und öffnete ihr einen Port, über den sie sich jederzeit einloggen konnte.

Silke gewann interessante Einblicke in Detlefs Freizeitgestaltung. Über sein Konto erfuhr sie allerdings kaum mehr als den Namen der Bank. Dieser Zugriff blieb ihr versperrt. Offensichtlich waren die Login-Daten extern gespeichert. Silke tippte auf einen USB-Stick. Aber auf welchem? Allein in Detlefs Schreibtisch lag ein halbes Dutzend davon - und das waren nur die, die sie auf Anhieb erkannte. Bei einer genaueren Durchsuchung tauchten weitere zehn auf. Keiner davon trug den Namen der Bank. Wäre ja auch zu schön gewesen.

In einer der Nächte, die sie bei Detlef verbrachte, hatte sie alle sechzehn Sticks durchprobiert, während er im Schlafzimmer schnarchte. Sie fand Abrechnungen, Firmenunterlagen, die vermutlich nichts in seiner Wohnung zu suchen hatten, Bilder von Leuten, die ihr nichts sagten - aber nichts, das irgendeinen Bezug zu der Bank hatte, bei der Detlefs Konto lag. Geschweige denn einen Schlüssel.

Das war der eigentliche Grund, warum sie sich öfter überreden ließ, die Nacht mit Detlef zu verbringen. Sie musste den verfickten USB-Stick finden. Detlefs Kopf war überhaupt keine Hilfe. So sehr sie auch versuchte, ihn dazu zu bringen, daran zu denken, wie er den Stick nahm und in den Slot schob, es wollte sich kein brauchbares Bild formen.

*

Kein Wunder eigentlich, dachte Silke, als sie die Wohnungstür aufschloss. Detlef hatte das ästhetische Empfinden eines Blumenkohls. Seine Wohnung war ein testosterongeschwängerter Alptraum aus Chrom und schwarzem Leder. Direkt aus dem Katalog. Er hatte ihr die Seite gezeigt. Identisch bis hin zu dem Ferrari auf Leinwand über der Couch und dem Kuhfell auf dem Boden. Silke schauderte, als ihr Blick auf das Fell fiel. Ein Quickie auf eben diesem Fell war Detlefs Vorstellung von wildem, animalischem Sex. Jedes Mal, wenn sie es sah, fragte sie sich, mit wie vielen Frauen er es dort getrieben hatte. Und jedes Mal drehte ihr der Gedanke, was alles zwischen die Haare gesickert war, den Magen um.

Sie umrundete das Fell und ging in sein Arbeitszimmer. Auch hier Chrom, Glas, schwarzes Leder. Statt eines Ferraris hingen hier Architekturfotos. Klare Kanten, glänzende Flächen. Schnörkellose Langeweile.

Silke bückte sich unter den Schreibtisch und startete den Computer. Es war typisch für Detlef, dass er einen Hochleistungsrechner besaß, obwohl ein Laptop für seine Zwecke locker gereicht hätte. Eine Frage des Anspruchs. Detlef wollte für sich immer nur das Beste.

Sie wartete nicht, bis das System hochgefahren war, sondern ging weiter ins Schlafzimmer. Als sie das dritte Mal bei ihm übernachtet hatte, war ihr das Buch auf seinem Nachttisch aufgefallen. Gesehen hatte sie es schon vorher, sich aber lediglich gewundert, dass Detlef sich für Krimis interessierte. Er schien ihr eher der Sachbuchtyp. Dass er sich auch für Mord und Totschlag erwärmen konnte, machte ihn beinahe sympathisch. Erst als bei ihrem dritten Besuch immer noch das gleiche Buch neben seinem Bett lag, wurde sie stutzig. Es war nicht nur das Cover mit der rot gekleideten Frau, das ihre Blicke anzog. Etwas an dem Buch selbst war seltsam. Silke brauchte eine Weile, bis sie darauf kam. Die Seiten zeigten keine Lesespuren. Sie lagen so glatt aufeinander, dass die Kanten wie frisch beschnitten wirkten. Nirgends ragte ein Lesezeichen heraus. Auch das Cover war nirgends angestoßen. Trotzdem gab es Knitter auf dem Buchrücken, als sei das Buch mehrfach aufgeschlagen worden.

Silke langte über Detlef hinweg und griff danach.

Noch bevor ihre Fingerspitzen das Buch berührten, schnellte Detlef hoch, packte ihren Arm und warf sie zurück auf das Bett. Sein Gesicht war wutverzerrt, als er sie in die Kissen drückte. »Was hast du vor?«

»Nichts verdammt! Ich hab von dem Buch gehört und wollte sehen, ob es wirklich so gut ist, wie alle sagen.« Sie rieb sich den schmerzenden Arm. »Was ist los mit dir?«

Augenblicklich änderte sich seine Mine. Der bösartige Zug verschwand und machte etwas anderem Platz, das Silke nicht deuten konnte. »Da habe ich wohl vollkommen überreagiert, was?« Er küsste ihre Hände, murmelte Entschuldigungen, dass es ein Versehen gewesen sei, und er ihr nicht wehtun wolle. Die Küsse wurden intensiver. Weiter Entschuldigungen murmelnd, küsste er sich den Arm hinauf. »Es tut mir leid«, nuschelte er noch einmal, als er ihren Hals erreichte. »Und es ist Mist. Keine Ahnung, warum ich überhaupt weiterlese. Die Handlung ist vollkommen unrealistisch.«

Offensichtlich war das Thema damit für ihn erledigt, denn er fuhr fort, sie zu küssen. Mund, Hals, Brüste. Den Bauch hinunter bis zwischen ihre Beine. Das volle Programm. Silke ließ ihn gewähren. Sie hatte einen Verdacht. Was sie jetzt brauchte, war die Bestätigung. Und einen Plan.

Sie verließen die Wohnung gemeinsam. Als sie sich zum Abschied küssten, angelte Silke sich Detlefs Schlüsselbund aus der Tasche. Eine Stunde später rief sie ihn auf der Arbeit an, um sicher zu gehen, dass sie freie Bahn hatte.

»Mein Zwölf-Uhr-Termin ist gerade gecancelt worden«, erzählte sie ihm fröhlich. »Wie sieht's aus, wollen wir uns zum Mittag treffen?«

Er lehnte ab. Zu viel Arbeit.

»Wie schade«, säuselte sie, innerlich fluchend. Sie mussten sich treffen. Sie musste den Schlüssel zurückgeben, bevor Detlef ihn vermisste. Ok, Schlüssel konnten verloren gehen. Aber das würde Komplikationen bedeuten, die sie um jeden Preis vermeiden wollte. Gerade bei Detlefs Paranoia. Selbst, wenn er nicht auf die Idee kam, ein supermodernes Sicherheitsschloss mit Fingerabdrucksensor oder Irisscan einzubauen, würde er sich an den Ärger erinnern und Silke lag viel daran, dass in der Zeit ihrer Beziehung nichts Bemerkenswertes vorfiel. Daher musste der Schlüssel um jeden Preis wieder in Detlefs Tasche landen!

Ob sie ein späteres Treffen vorschlagen konnte, überlegte sie, während er seinen Kalender durchging und sie mit den Details der bevorstehenden Meetings versorgte. Oder würde das aufdringlich wirken?

»... sollte spätestens um sechs zu Ende sein«, sagte Detlef. »Wie wäre es danach mit einem Drink bei Bankers & Brokers?«

Silke schrak zusammen. Sie war so tief in Gedanken gewesen, dass sie kaum mitbekommen hatte, dass Detlef soeben tatsächlich einmal eines ihrer Probleme gelöst hatte. »Klar«, sagte sie hastig, bevor die Pause zu lang wurde. »Gerne! Halb sieben?«

Das war zwar noch ewig hin und sie konnte nur hoffen, dass ihm in der Zwischenzeit nicht auffiel, dass der Schlüssel fehlte. Andererseits hatte sie so alle Zeit der Welt, sich in der Wohnung umzusehen und alles für den finalen Schlag zu präparieren.

Ihr Verdacht stellte sich als richtig heraus. Das Buch war genau das, was sie vermutet hatte: ein Versteck. In seinem ausgehöhlten Innern lagen ein USB-Stick und ein Schlüssel, der aussah, als gehöre er zu einem Sicherheitsschloss. Für einen Moment war Silke versucht, ihn herauszunehmen, um herauszufinden, für welches Schloss er gedacht war und was dahinter lag. Aber dann nahm sie nur den Stick. Wozu die Dinge unnötig verkomplizieren. Wenn sie recht hatte, war es vollkommen egal, welche Geheimnisse Detlef sonst noch verbarg. Sie fuhr seinen Computer hoch, steckte den Stick ein und vergewisserte sich, dass sich darauf der Schlüssel zum Bankkonto befand. Silke pfiff leise durch die Zähne, als sie den Kontostand sah. Viereinhalb Millionen. Damit ließ sich etwas anfangen. Sie zog den Stick ab und schaltete den Rechner aus. Als sie die Wohnung

93

verließ, war fast alles wieder so, wie sie es vorge-
funden hatte.

*

Heute lag allerdings kein Buch auf dem Nachttisch.
Es lag überhaupt nichts da. Auch in den Schubladen
war nichts außer einer Packung Kondome. Dieser
Scheißtyp und seine verdammte Paranoia! Silke hätte am liebsten laut geschrien, aber sie zwang sich
zur Ruhe. "Denk nach!", befal sie sich. Er ist schlau,
aber kein Genie. Wo würde er seinen Schatz verstecken? Wieder in einem Buch, aber in einem, das
nicht so auffällig platziert ist? Musste sie etwa alle
Bücher ...? So viel Zeit hatte sie nicht. Aber warum
ein neues Versteck schaffen? Er weiß nicht, dass ich
ihm auf die Schliche gekommen bin, oder? Nein, bestimmt nicht. Und wenn er es nicht weiß, warum
dann ein neues Versteck? Warum nicht das Alte
woanders hinschaffen. Wo versteckt man ein Buch?
Da, wo es nicht auffällt. Wo also?

Im Schlafzimmer gab es keine Bücher. Ins Arbeitszimmer würde Detlef keinen Krimi stellen.
Blieb das Regal im Wohnzimmer. Silke hatte den
Büchern dort nie große Aufmerksamkeit geschenkt,
auch wenn sie einige der Titel kannte. Klassiker, die
man gelesen haben musste. Alles Hardcover. Sie
wirkten wie Dekoware, druckfrisch. Der Krimi war
nicht dabei. Scheiße! Also hatte dieser paranoide
Penner doch ein neues Versteck gesucht. Silke war

kurz davor, die Bücher vom Regal zu fegen. Dann würde sie eben nicht in die Oper zurückkommen. Sollte er allein aufwachen. Sollte er seine verfickte Kohle behalten. Er würde sie brauchen, um seine Wohnung ...

Sie stutzte, als ihr die leichte Unregelmäßigkeit im dritten Regalbrett auffiel. Auf allen anderen Borden standen die Bücher in gerader Linie. Aber auf dem dritten Brett gab es eine Verschiebung. Als hätte jemand ein Buch herausgenommen und beim Zurückstellen die Nachbarn mitverschoben. Silke griff nach den verschobenen Büchern. Aus einem fielen ein silberner Schlüssel und ein weißer USB-Stick.

»Da bist du ja«, murmelte Silke. »Nun aber fix. Mein Schatz wartet.«

Acht Minuten später zog sie die Haustür hinter sich zu. Aus Detlefs Wohnung hatte sie nur einen Silberrahmen mit einem Porträtfoto von sich, sowie die Perlenkette mitgenommen. Ihr Hochzeitsgeschenk. Beides steckte in ihrer Umhängetasche. Stick und Schlüssel lagen wieder in ihrem Versteck. Das Buch stand ordentlich an seinem Platz. Nur das Virus, das in den Tiefen von Detlefs Dateisystem nistete, bewies, dass sie in seinem Leben eine Rolle gespielt hatte.

Wie alle Viren war es darauf ausgelegt, sich zu kopieren und so viele Dateien, wie möglich zu befallen. Mehr sollte es vorläufig nicht tun. Erst, wenn Detlef den Stick benutzte, würden sich Unterroutinen aktivieren. Kleine digitale Sprengsätze, die alles zerstörten, was sich zerstören ließ. Auch die Dateien auf dem Stick. Vor allem die Dateien auf dem Stick.

Niemand würde mehr nachvollziehen können, wer wann Zugriff auf den Computer gehabt hatte. Ein Experte würde vielleicht den offenen Port bemerken und daraus schließen, dass der Rechner von außen gehackt worden sei. Aber selbst wenn Detlef einen Zusammenhang zwischen dem Crash und dem Verschwinden seiner Verlobten, herstellte, würde es nur den Verdacht von Wahnvorstellungen erhärten, wenn er darüber sprach. Eine Verlobte, für deren Existenz es keinerlei Beweis gab, sollte ein Virus auf seinen Rechner gespielt haben? Was für ein Nonsens. Ein weiterer Beweis seiner zunehmenden geistigen Verwirrung. Schließlich konnte er niemandem von den ebenfalls verschwundenen viereinhalb Millionen erzählen.

Als sie den Wagen startete, ertappte Silke sich, wie sie eine Melodie summte, die sie in der Oper aufgeschnappt hatte. Jetzt galt es ihrer Beziehung zu Detlef den Gnadenstoß zu verpassen. Silke sah auf die Uhr. Sechs Minuten hinter ihrem Zeitplan. Verdammte Kacke! Sie trat das Gaspedal durch.

Als sie ins Foyer schlüpfte, hatte sie drei Minuten gut gemacht. Die Kasse war unbesetzt. Silke hastete die Treppe hinauf, in die Damentoilette; kletterte auf den Toilettensitz, riss Kleid, Clutch und Schuhe aus ihrem Versteck und warf die Umhängetasche hinein.

Die konnte sie später holen.

Zwei Minuten später war sie wieder die Lady in red. Kurz noch die plattgedrücken Haare aufschütteln, dann stakte sie auch schon im Eiltempo Richtung Saal. Gedämpfter Applaus verriet, dass sie keinen Moment zu spät gekommen war.

»Sehen sie«, sagte sie strahlend zur Saaldienerin, während sie ihre Gedanken mit denen der anderen verschränkte, »ging doch ganz schnell.«

Die Saaldienerin nickte benommen. »Aber lohnen tut sich das jetzt auch nicht mehr. An ihrer Stelle würde ich gleich zur Garderobe gehen. Jetzt ist noch schön frei.«

Silke zwinkerte ihr zu. »Würde ich ja. Aber mein V..., mein Freund ist noch drinnen.« Verdammt! Fast hätte sie sich verraten und das eine Wort gesagt, das auf keinen Fall fallen durfte. Zum Glück schien die Saaldienerin nichts bemerkt zu haben.

»Na dann. Wollen Sie noch rein oder lieber hier draußen warten?«

»Ich geh rein, danke!«

Das Rauschen des Applauses wurde ohrenbetäubend, als Silke die schwere Tür öffnete. Die Zuschauer waren aufgestanden, jubelten und spendeten Standing Ovations, während sich die Sänger ein ums andere Mal auf der Bühne verbeugten. Gut, dass wir Sitze am Rand hatten, dachte Silke, als sie die Stufen hinunterlief. Das hatte nicht nur ihr Verschwinden erleichtert, es kaschierte auch, dass Detlef sitzen blieb. Sie glitt auf den Sitz neben ihn.

»Tut mir Leid, Liebling«, sagte sie, für den unwahrscheinlichen Fall, dass doch irgendwer sie beobachtete. »Du hattest Recht. Sie haben mich nicht wieder reingelassen.« Sie nahm seine Hand und tauschte die Breitling gegen eine seiner eigenen Uhren. Dann – als sei ihr sein Zustand erst jetzt bewusst geworden – rief sie: »Mein Gott! Was ist mit dir? Du bist ja ganz kalt und schwitzig! Ist hier ein Arzt? Wir brauchen einen Arzt!«.

Köpfe drehten sich zu ihnen. Der Ruf wurde aufgenommen. »Ein Notfall, wir brauchen einen Arzt!« »Sanitäter!«

Detlef schlug die Augen auf, murmelte etwas, das im allgemeinen Lärm unterging.

Silke tätschelte seine Hand. »Hilfe ist unterwegs!« Sie sah sich um. »Vielleicht sollte jemand dem Saaldiener ...«, rief sie und sprang auf. »Ich mache das eben.«

Die Frau, die neben der Tür Wache gehalten hatte, war verschwunden. Silke stakste den Gang hinunter, bis sie jemanden fand, der ebenfalls Livree trug. Er war jung. Hübsch. Hinreißende braune Augen. Kräftige Schultermuskeln und schlanke Hüften. Er sah zum Anbeißen aus und er roch auch noch gut. Silke lief das Wasser im Mund zusammen. Aber jetzt war der falsche Zeitpunkt, um an Essen zu denken.

»Einem Herrn da unten ist schlecht geworden«, sprudelte sie heraus, so bald sie seine Aufmerksamkeit hatte. »Er sieht auch ganz blass aus.« Sie lächelt gezwungen, als mache sie sich über sich selber lustig. »Ich weiß, ich klinge, ein bisschen hysterisch, aber sollte man nicht besser einen Krankenwagen rufen?«

Der junge Mann wirkte unschlüssig. Offenbar war er auf einen solchen Vorfall nicht vorbereitet.

»Bitte!«, sagte sie flehend. »Wir müssen etwas tun. Kommen Sie mit! Überzeugen Sie sich selbst!«

Der Ring um Detlef war enger geworden. Er selbst hatte sich nicht gerührt. Seine Haut war sehr blass. Unter seinen Augen lagen tiefe Schatten. Schweiß glänzte auf seiner Stirn. Inzwischen war auch ein Arzt da, der ihn untersuchte, genau genommen, eine Ärztin. Sie wirkte zunehmend irritiert.

»Sehen Sie, was ich meine?«, hauchte Silke.

Der Saaldiener nickte. In diesem Moment sah die Ärztin hoch. »Was stehen Sie da herum«, fauchte sie. »Hat inzwischen jemand einen Rettungswagen gerufen? Nein? Dann machen Sie das!« Sie deutete auf den Saaldiener, der sofort die Treppen hochsprintete und hektisch in sein Walkie-Talkie zu sprechen begann. Aber die Ärztin war noch nicht fertig. »Zwei von Ihnen helfen mir, den Mann hier raus zu tragen.« Sie deutete auf zwei der Umstehenden. »Sie, und Sie mit der roten Krawatte! Und der Rest von Ihnen geht nach Hause, damit Sie den Sanitätern nicht im Weg sind. Los, Leute, hier gibt es nichts zu sehen!« Sie machte eine wedelnde Armbewegung und tatsächlich begann sich der Pulk aufzulösen.

Die Willensstärke und das Durchsetzungsvermögen dieser Frau waren beeindruckend. Silke entschloss sich, der Aufforderung zu folgen und ebenfalls zu gehen. Hier gab es ohnehin nichts mehr zu tun.

Im nächsten Moment hörte sie den Schrei: »Jenny!«

Verdammt! Wieso konnte der noch reden? Silke drehte sich um.

Detlef hatte sich aufgesetzt. Ihre Blicke trafen sich. Er streckte die Hand aus, wiederholte: »Jenny! Jenny, meine Liebe, wo willst du hin? Du kannst mich doch nicht alleinlassen!«

Einen Moment lang war Silke, als habe sie einen Eiswürfel verschluckt. Aber dann hatte sie sich wieder im Griff. Sie unterbrach den Blickkontakt, schüttelte den Kopf und sah wie verwirrt zwischen den wenigen noch verbliebenen Gaffern hin und her. Schließlich wandte sie sich an die Ärztin. »Ich habe keine Ahnung, wer dieser Mann ist«, sagte sie langsam. »Noch, wie er darauf kommt, mich zu kennen.«

»Jenny!«, schrie Detlef. »Was sagst du da?«

Silke trat einen Schritt vor und griff in ihre Clutch. »Ich heiße auch nicht Jenny, sondern Airi. Airi Koskinen – wenn Sie sich überzeugen wollen?« Sie zog ihren Ausweis hervor und hielt ihn der Ärztin hin.

Die machte sich kaum die Mühe, hinzusehen.

»Halluzinationen«, antwortete sie leise, als sie Silke die Karte zurückgab. »Ich habe den Eindruck, er ist stark dehydriert, da kann das schon mal passieren.«

»Jenny!« Detlefs Stimme nahm einen flehenden Tonfall an.

»Gehen Sie«, sagte die Ärztin. »Ich kümmere mich darum.«

Silke ging mit dem Gefühl, sich einen Drink verdient zu haben.

***

NACHWORT

Die Grundidee zu Silke verdanke ich einem Wettbewerb, den Rahel und Sara von Clue Writing 2016 ausgeschrieben hatten. Die Aufgabe bestand darin, zu einem vorgegebenen Titel eine Geschichte zu finden. Zu "Der Kinobesuch der alten Dame" hatte ich von Anfang an zwei Ideen: Die eines Dämons, der im Kino auf Körperfang geht und die einer Vampirin, die ihren Unterhalt als Heiratsschwindlerin verdient. Damals hatte ich eine Umfrage unter meinen Follower gestartet, welche umgesetzt werden soll. Die Mehrheit entschied sich für den Dämon. Vampire seien zu allgegenwärtig.

Um ehrlich zu sein: Ich war alles andere als unglücklich über die Entscheidung. Ich mag Vampire nämlich nicht besonders. Jedenfalls die modernen nicht. Dracula schon. Aber nicht diese von Anne Rice erfundenen und durch Stephenie Meyer geradezu zum Kanon gewordenen Überwesen. Die sind vielleicht nicht blond und blauäugig, aber ihre Überlegenheit wird so unkritisch gefeiert, dass ich ein echtes Problem damit habe. Ich will nicht so weit gehen, zu behaupten, dass hier längst überholte Rassetheorien aufgewärmt würden. Aber für mich steckt darin zumindest die (romantisierte) Vorstellung eines naturgegebenen Herrschaftsanspruchs, egal, wie edel der einzelne Vampir denkt und handelt.

Genau das gleiche Problem habe ich mit Tolkien, wenn der davon schreibt, dass das Blut von Gondor schwächer geworden sei, weil sich die Bewohner mit „niederen Menschen" gemischt hätten. In solchen Beschreibungen bricht der chauvinistische Großmachtanspruch des British Empire durch. Aber Tolkien ist lange tot. Er ist in einem anderen Jahrhundert groß geworden. Daher sind solche Vorstellungen in gewisser Weise verständlich. In einem zeitgenössischen Roman empfinde ich als sie rückwärtsgewandte Anachronismen.

Trotzdem hat mich die Idee der Vampirgeschichte nicht losgelassen. Tatsächlich ist Silke ja auch keiner dieser Vampire. Silke liegt nichts daran, andere zu unterwerfen - genauso wenig, wie sie sich selber nach Unterwerfung sehnt.

Ihr Aussehen macht sie nicht zum hirnlosen Triebwesen. Sie nutzt es aus. Es ist ihr Weg zu überleben, denn sie hat keine große, geheime Vampirgesellschaft hinter sich, die ihr alle Wege ebnet und ein glamouröses Leben ermöglicht. Statt dessen muss sie sich, wie jeder andere auch, mit der deutschen Bürokratie herumschlagen. Sie tut das auf eine sehr eigene Art.

Dabei sollte man nicht den Fehler machen, Silke für eine moderne Version von Robin Hood zu halten. Dafür ist sie zu egozentrisch. Ihr käme nicht einmal die Idee, ihre Gewinne mit anderen zu teilen. Das ist eine Charaktereigenschaft, die sie mit allen Vampiren in meinem Universum teilt. Diese Egozentrik und ein grundlegender Mangel an Empathie machen sie aber auch unfähig zu echter Liebe und langfristigen Beziehungen. Vorübergehende, strategische Bündnisse entsprechen eher ihrem Wesen.

Eine Frage, die ich derzeit nicht beantworten kann, weil sie sich einfach nicht gestellt hat, ist die nach der Libido. Die gesteigerte Libido ist ja durchaus keine Erfindung des modernen Vampirromans, sondern wird schon in der älteren Literatur zumindest angedeutet. Vor diesem Hintergrund wirkt Silke eigenartig asexuell. Ihre Arte der Jagd und die Spezialisierung auf männliche Beute beruht nicht auf sexuellen Vorlieben oder Bedürfnissen. Sie ist allein der Tatsache geschuldet, dass es mehr offen heterosexuelle Männer gibt, als offen lesbische Frauen. Ich könnte mir allerdings vorstellen, dass sie durchaus auch Spaß daran hat - sei es als Selbstbestätigung, aus Lebenshunger oder weil es »der anschließenden Mahlzeit mehr Würze verleiht.«

Wie dem auch sei: Ich hoffe, dass Ihnen die Geschichte gefallen hat. In jedem Fall würde ich mich über eine Rezension sehr freuen.

Mehr über mich und meine Bücher erfahren Sie auf meiner Internetseite: www.nikeleonhard.wordpress.com.